U0113607

仇英义

著

一百个视角

生活的素描

中国社会科学出版社

图书在版编目（CIP）数据

一百个视角：生活的素描/仇英义著. —北京：中国社会科学出版社，2023.7（2023.11重印）

ISBN 978－7－5227－2082－1

Ⅰ.①—…　Ⅱ.①仇…　Ⅲ.①随笔—作品集—中国—当代
Ⅳ.①I267.1

中国国家版本馆 CIP 数据核字（2023）第 105341 号

出 版 人	赵剑英
责任编辑	王小溪
责任校对	杨　林
责任印制	戴　宽

出　　版	中国社会科学出版社
社　　址	北京鼓楼西大街甲 158 号
邮　　编	100720
网　　址	http://www.csspw.cn
发 行 部	010－84083685
门 市 部	010－84029450
经　　销	新华书店及其他书店

印刷装订	北京君升印刷有限公司
版　　次	2023 年 7 月第 1 版
印　　次	2023 年 11 月第 2 次印刷

开　　本	880×1230　1/32
印　　张	7.625
字　　数	151 千字
定　　价	68.00 元

人生贵有"真情"，且有"实感"

刘悦笛

（中国社会科学院哲学研究所研究员）

《一百个视角：生活的素描》这本书，乃是仇英义先生第一本散文集。我以为，这本文集出版的重要价值就在于：体现出一位作为个体的当代中国人，对"美好生活"的普遍向往与积极追求！

实际上，所谓"美好生活"，言说的乃是两种生活："好生活"与"美生活"。"好生活"，乃是有质量的生活；"美生活"，则是有品质的生活。自改革开放以来，中国人的生活历程，还真就是从"好生活"向"美生活"逐步转型。这就需要用"有质量"的生活去实现"有品质"的生活，难以想象，在四十年前这种追求会成为国人的普遍向往。这是由于，"好生活"始终都是"美生活"的现实根基，前者不实现，后者也难成，但反过来，"美生活"却可以升华"好生活"，这其实才是中国人的高级生存智慧。

我们中华民族，在"富起来"与"强起来"之后，自然就会生发出"美起来"的愿望。20 世纪 80 年代也曾有过一场引起社会各界普遍关注的"美学热"，但那时民众的生活还没有如今这么多审美化的选择，大家只能通过读美学之类的抽象书籍去追求具体化的美感，亦即以"理性的形式"寻求"感性的解放"。现如今则大不相同了，百余年前的"富强"之梦的实现，正行走在坚实的路上，华夏民族的"爱美"的本性越来越凸显出来。正是在这种历史转型的氛围中，仇英义先生的"生活素描"也悄然开始了。

《一百个视角：生活的素描》就以《唯美》开篇，将汉字之美作为"世间的极致之美"，由此开启了一种生活化的"美的历程"。汉字之美，就美在底蕴深厚、活力无限、影响久远和传承弘扬，中华文化之美由此得以赓续绵延。最新增补的那篇文字则是《一场寻找美的旅行》，文中作者将人类的阅读活动视为"寻美"的过程，而且是贯穿一生的旅程。阅读乃是诉诸汉字的，写作也以汉字为媒，仇英义先生就是用他的日常写作，让人们感受到了"阅读之美"。在《品茗》与《小聚》等篇什当中，中国人品茶喝酒的"生活美学"也被潇洒地表现出来："生活好了，人们品的是一种文化，品的是一种愉悦，品的是一种人生。品茗者的最大收获，莫过于精神的愉悦，可以说，即便心神浮躁，一壶滚烫的开水冲下，人也像茶一样变得通透豁达，逐渐安静下来。"当然，这种生活之美其中所蕴藏的，还有人与人之间的深情厚谊。

与一般书斋里的散文作者不同，仇英义先生是一位曾参与过老山战役的老兵，如今可谓"离"武从文。文集中的《老山》和《人生历程》诸篇都是最真切的人生感受，但令作者念念不忘的，却并不是冒着枪林弹雨身扛炮弹的危险与艰辛，而是发自老山前线的那句箴言——"理解万岁！"它不仅是老山精神的时代心声，其实也可以成为中国人知行合一的互动准则，中国人相互之间就应有"同情的理解"与"理解的同情"。2008年5月12日14时28分开始的汶川那场地震，也刚刚过去15年，它就曾将大部分国人通过理解与同情维系了起来。

散文的写作，贵在有"真情"，且有"实感"。仇英义先生的一百篇文字，其实都贯彻了这一点，所以才会充满活生生的"质感"，仿佛就是在描述身边的人、言说身边的事。《苟着》《内卷》《单身狗》述说的是当今年轻人的生存状态，《网购》《自媒体》《共享时代》描绘的则是如今国人的生活方式，但是作者本人却始终以"正能量"的心态来应对。谈到现今社会现象的超级热词——"内卷"，作者首先确定内卷属于"内部的竞争"，甚至就是过去常说的"窝里斗"的一种形式，但它反映的却是现实社会经常遇到的顾虑和担忧；与此同时，作者还从更高的角度看到:"内卷也并非一无是处,它客观上营造了一种相互竞争的氛围,让人们无论是主动还是被动,必须培植不甘沉迷、拼搏奋斗的精神状态,必须培养务实进取、笃行致远的良好作风,必须培育应该具备的理论素养、道德水平和能力本领。"在整部文集当中,我们都看到了这种面对消极问题的积极应对,这也许就来自中国人那种乐观主义的生存智慧。

在读这本生活素描集的时候,我脑海里总是闪现出苏轼从撰写"策论"到后来改写"美词"的情状。作为中国文人典范的苏东坡,回忆其早年写作时曾说:"轼少年时,读书作文,专为应举而已。"(《答李瑞叔书》)与大多数中国文人一样,苏轼后来也参加科举,却因大考官欧阳修怀疑《论刑赏》一文乃其弟子曾巩所作,为了避嫌,将苏轼的文章降为第二,使其与省试第一失之交臂。这位不是状元却胜似状元的"状元郎"在出仕之后撰写了大量的策论,然而,这些文字大多没有留在后代国人的心中。直到后来,苏轼才彻底转向了诗词创作,卓然成为一代"大文豪"。这到底是为什么呢?因为诗词乃是为自己而写的,其诗作中既饱含着对国家的深情,也表达了对生活的热爱。苏轼从了"自己的心",反倒因为为了自己最日常的真实存在而写,所以情感格外"真切",引发了其身后历代人的共鸣,从而"服务"了更为广大的民众。

这也许正是散文的本真价值所在。我一直觉得，散文就是散"心"也！如果这本书有幸能被半个世纪之后的读者看到，他们大概就能了解，本书所折射出的乃是 21 世纪最初的 20 年中国人普遍的生存状态：他们的所行、所为、所思、所感。这个时代的人，在追求他们的幸福，有着他们的人生，还有着不同的美好……

那就请诸位读者，且看这本生活的"美素描"，或者叫作"美生活"的素描，究竟是如何以"美生活"去提升"好生活"的吧。

是为序。

2023 年 5 月 12 日

于斯文至乐堂

目 录

1

唯　　美

　　汉字之美，是世间的极致之美。汉字之气度，蕴含着书法的风骨和国画的风范，炎黄子孙的世界，通过象形造字的样式，栩栩如生地展现了出来，给人以极致之美；汉字之气质，蕴含着诗词的意境和歌赋的意味，华夏儿女的世界，通过形声造字的体式，声情并茂地表达了出来，给人以极致之美；汉字之气魄，蕴含着黄河的浩荡和长江的浩瀚，中华民族的世界，通过会意造字的形式，抽象概括地描绘了出来，给人以极致之美。汉字立体、直观、形象，展示了中华文明的丰富内涵。

　　汉字之美，美在底蕴深厚。三千年的汉字史，记载了源远流长的文明史，记录了艰辛曲折的探索史，记述了百折不挠的奋斗史，让人类认识到汉字的作用和价值。汉字笔画从几种演化到三十二种的进程，诠释了文明的生发，展现了汉字之形体美；汉字字体从甲骨文、金文、篆书，演变到隶书、楷书、行书的过程，铭刻了文明的发展，呈现了汉字之形态美；汉字文化从誊写、雕版、活字传播，演进到激光、数字传播的历程，印记了文明的进步，体现了汉字之形象美。

汉字之美，美在活力无限。汉字是世界上使用人口最多的文字，使用人口占世界人口的五分之一。汉字的魅力：无论作为官方语言，还是作为工作语言，在文明交流交往中，独特地位得到了凸显；汉字的魄力：体现在古代的日本、朝鲜半岛、越南等地区借鉴使用，体现在现代的印度尼西亚、新加坡、马来西亚、泰国、缅甸等国家传播使用，在文化相依相存中，社会价值得到了彰显；汉字的张力：辐射了多个民族、多个种族、多个族群，影响着社会的发展，在文字创造创新中，引领作用得到了呈现。

汉字之美，美在影响久远。汉字传播的不仅是一种文化，更是一种文明。汉字作为文化的典范，在古代文明传播中，影响着一些国家的生活习俗、民族风俗、社会礼俗，具有浓郁的汉文化特色；汉字作为思想的工具，在现代文明传播中，发挥了积极的作用，成为引领人类思想文化的风向标；汉字作为自信的象征，在当代文明传播中，特别是在传播中国道路、中国理论、中国制度创造的社会文明，讲好中国故事的伟大实践中，发挥着自身的影响力、感染力，贡献出巨大的力量。

汉字之美，美在传承弘扬。汉字拥有优秀的基因和品质，承载着民族的兴衰和繁衍，只有持续注入新鲜的血液和营养，让汉字广泛地使用和推广，才能保持汉字的生命和活力，使之服务于社会发展和进步，为人民幸福美好的生活添彩。作为中华文化重要的组成部分，赓续汉字文化、传承汉字文化、弘扬汉字文化，让汉字走出历史、走进时代、走向世界，为实现中华民族伟大复兴的中国梦和推进人类命运共同体构建做出贡献，既是宣传文化工作者的责任义务，也是全社会的使命担当。

民族的文化

"文化是一个国家、一个民族的灵魂。"如今，文化的作用越来越受到重视，不仅因为它一定程度上代表了文明发展的方向，更因为它是社会发展的重要象征。正如联合国教科文组织在《文化政策促进发展行动计划》中指出的："发展可以最终以文化概念来定义，文化的繁荣是发展的最高目标。"文化作为一种社会产物，是伴随民族的昌盛发展起来的。民族的独特性决定了民族文化的特殊性。首先，传承民族历史、社会风俗、传统美德和价值理念；其次，培育民族与时俱进、健康向上的共同价值体系；再次，抵御腐朽、消极思想的渗透侵蚀。

随着现代文明的发展，文化被迫承载了越来越多本不属于它的东西，以至于逐渐失去自然属性的一面，更多呈现出了阶级属性的特点。原本国家之间、社会之间、民族之间的博弈，过多地依赖文化去实现。文化已不再是单纯的娱乐情趣、陶冶情操、激励情感的事物、活动和现象。

然而，这些并未引起人们的普遍警觉，很多人未能意识到其结果可能使民族文化走向消退，甚至使弱小民族或经济发展滞后地区民族的文化最终走向消亡。

虽说文化的大同一定程度上有利于世界和平和经济发展，但其带来的消极因素也应该引起足够的重视。要尽力保持世界文化的精彩纷呈、绚丽多彩。从这个意义上讲，要保持世界文化的多样性，就要尊重不同民族文化所具有的特性。因为文化是民族自身发展的产物，它的使命也因民族独特性的存在而存在。

需要警惕的是，在经济全球化的影响下，世界各民族文化的发展越来越多融入了异族文化的成分。在民族文化相互交融、彼此渗透、共同发展的过程中，依托强势经济发展的民族文化往往占据着主导地位，影响着世界文化发展的趋势和方向。即使这些文化没有太深厚的历史积淀，仅是一些"快餐式"文化，其影响依然是难以估量的。因此，许多历史悠久的民族文化，在发展过程中越来越感受到了失去自我的压力。

经济全球化或许为世界文化发展指明了方向，"走出去"似乎已成为民族文化走向世界的光明坦途。然而，对于民族文化来说，这却是一个极其痛苦的蜕变重生过程。令人困惑的是，民族文化作为世界文化的一部分，既需要抗拒被同化的压力，也需要谋求被世界逐渐认同、逐步接纳的出路。民族文化正是在这种矛盾和痛苦中踯躅前行的。更为关键的是，在这一过程中，是否能够始终坚持民族文化的自信、自立、自强，是否能够始终把握民族文化发展的目标方向，将影响甚至决定民族文化的传承弘扬，以及世界文化的繁荣发展。

小举善哉

"勿以恶小而为之，勿以善小而不为。"在现实生活中，文明更多体现于日常之中、细微之处、枝节之端。从大的方面讲，明大德、守公德、严私德是文明所崇尚的。强调为人做事站在国家、民族、集体层面，将言谈举止规范在法律、道德的范畴，约束于文明、修养的层面，在大是大非面前，立场坚定、旗帜鲜明，始终与党和国家、人民站在一起。从小的方面看，文明须从小事、小节、小举做起。对待每一件事，都应认认真真、仔仔细细，不好高骛远，不挑肥拣瘦，不虚头巴脑，行胜于言、虚做于实，让小恶避而远之，以小举汇集大爱，最终赢得大众的认同、支持或理解。

按照社会心理学分析，人们注重在大的方面展示形象、表达态度、示范言行，本是无可厚非的。然而，在明大德、守公德基础上，还有严私德需要加强；在注意形象的同时，也需要经常反思自己、改变自身、提升自我；在严于律己的 8 个小时工作以外，还有 16 个小时需要慎独。做到这些，一定程度上比单纯做好大的方面、大德公德、8 小时内等，更需要约束自我、持之以恒和耐心细致。这既是加强自我修养的缘由，也是人之天性使然。可见，这些日常生活中的小事、小节、小举，也应该是社会文明之源头、素质之根基、努力之方向。

参天大树需要凭借一枝一叶的成长发展，更要经历风吹雨打的磨炼考验。人类文明素养的培育同样如此，需要从点滴细节开始，逐步完善提高。在社会上倡导小举之目的，旨在唤醒人们养成从小事做起、从细节做好的习惯，不以善小而不为。特别是在当今社会人们普遍追求"高大上"的背景下，强调小举之重要，更加具有现实意义。如果能够让人们在浮躁的心态中沉静下来，潜心琢磨研究一些事情，扎实把本职工作或身边的事情做好，不仅有益于社会的文明建设，更有益于人们觉悟的提高、人民素质的提升、人类社会的提质。

小事不举，大事难成。小举关乎文明大事，也关乎和谐大局，更关乎发展大势。中国式现代化，不仅是经济发展上的现代化，也是文化建设上的现代化，更是精神文明建设上的现代化。在这一伟大社会实践中，既需要千千万万人民群众拼搏奋斗，也需要万万千千小举小德凝聚力量。作为社会的一员，必须始终铭记"勿以善小而不为"，把小举当大事来做，将大事从小善做起，努力用行动践行"天下大事，必作于细"。如鲁迅所言："巨大的建筑，总是由一木一石叠起来的，我们何妨做做这一木一石呢？我时常做些零碎事，就是为此。"

宣　传

　　中华民族造字遣词十分考究，象形、会意、形声等多种多样。观其形、读其音、解其义，总能知其一二。"宣传"一词亦然，品之颇有意味，确实值得推敲琢磨。"宣"的本义为帝王宫殿，指古代天子居住及公开布政、晓谕天下之场所。宣，由"宀"和"亘"两部分组成。"宀"部，是指一定的覆盖范围；"亘"部，表示的是时间或空间的延续不断，乃至穷尽、最大化。"传"的本义是传递、推广、散布，也有最大化的意思。综上可见，如果从字面上理解把握，宣传，就是将所传递、传播的内容，在时间和空间上穷尽所能，以达到最大化。

　　按照古人之逻辑，现今对"宣传"一词进行诠释，最形象、最具体、最直接的，无非是"新闻发布会"——在形式上、内容上与古代极其相似：在庄严肃穆的公共场所公开发布信息，昭告天下。然而，对宣传的诠释又不仅限于此。随着社会的发展进步，通过图书、报纸、期刊、音像、电子出版物和广播、电影、电视以及新媒体、融媒体等媒介，将党和国家的路线方针政策、法律法规法纪、社会核心价值体系等，在时间上、空间上广泛地传递、推广、散布，着力实现时空的穷尽和最大化，宣传的意义才能够得到充分彰显。

宣传要做到以事实为依据，将信息传递最大化，必须言之有物、言之有据、言之有度，绝不能是脱离实际的夸夸其谈、脱离生活的云山雾罩，甚至是脱离群众的空头支票。这些，既是社会公众关注宣传的焦点和热点，也是做好宣传工作需要把握的重点和难点。在实际工作中，坚持内容为王、实事求是、客观公正，进而追求形式的多样化、过程的多路径、时空的多方位，永远是宣传工作追求的目标和方向，也是信息传递欲穷尽一切和最大化的基础和保障。

"言教非门到户至，而日见而语之也。"诚然，社会在发展，时代在进步，思想在解放，特别是面对中华民族伟大复兴的战略全局和世界百年未有之大变局，以中国式现代化全面推进中华民族伟大复兴，宣传的内涵外延更加丰富、内容主题更加多样、使命任务更加艰巨、地位作用更加凸显、方法举措更加重要。同时，作为意识形态斗争的重要抓手，宣传呈现出长期性、复杂性、多样性的特征。因此，坚守宣传的初衷本源，在内容和形式上守正创新，从根本上解决由表及里、由浅到深、由现象到本质的问题，才能登攀最大化的理想之巅，让所宣传的内容，真正做到"飞入寻常百姓家"。

精神的价值

　　精神，原指人的情感、意志等生命体征和一般心理状态。由无数个体组成的集体，与个体具有相同之处，自身也有形无形地存在着一种内在的东西，这种东西就是集体精神。概括地讲，集体精神是全体成员世界观、人生观、价值观的集中反映，是社会共同价值体系、集体优良传统、个人价值取向的智慧结晶，是凝聚人心、鼓舞士气、引领方向的精神力量。关注集体精神，有意识地培植集体精神，且在一定的阶段和范围内传承、弘扬集体精神，无论是对个体，还是对集体，都具有极强的现实意义和极高的时代价值。

　　在现实社会中，每个人身上都有一种潜在的精神，这种精神未必一定会以语言或其他形式表现出来，但它总是能够影响或左右人生的目标和追求。因此，这种精神最终形成了每个人不同的价值观、人生观和世界观。当一个集体为一个共同目标奋斗时，必须凝聚个体精神中的先进思想，进而形成具有强烈的大局意识、协作意识和奉献意识的共同精神。换言之，集体精神蕴含着一个集体文化体系和文明素养的精髓灵魂，浓缩着一个集体职业道德和价值取向的崇高理念，折射着一个集体意志品质与作风修养的特点特征。

对集体精神进行归纳概括，既是集体统一思想、形成共识、协调一致的理论认同过程，也是把当代优秀的个体精神，与社会核心价值体系和集体先进的思想理念融合并提炼为共同精神的实践探索过程。这一过程，或许是无形的自然状态，是和风细雨的理念磨合、思想调和、精神交流，到处阳光明媚、喜气洋洋，充满着一团祥和的气氛；或许是有意的斗争形态，是狂风暴雨的观念碰撞、逻辑推导、灵魂直面，倍感恐怖紧张、萧瑟悲凉，呈现出万物凋零的景象。当然，这一过程只要目的单纯、方向一致，就应该无畏前往。

实践告诉我们，归纳概括集体精神，必须善于把握长期积淀传承的优良传统与当代事业蓬勃发展的时代特色之间的有机交融，必须勇于引发大家对集体在国家建设、社会发展、民族进步中地位作用、目标要求、方法思路的理性思考，必须敢于推动大众个性精神追求和社会共同价值观念的合理碰撞。当个体把弘扬优良传统、践行社会主义核心价值体系、为人民服务作为共同的目标和追求，集体精神的意义才能得到真正体现。当一个集体的先进个体精神被融合并上升为行业乃至社会的共同精神，精神的作用才能真正得以充分发挥。

春风不知醉

在癸卯年春风里，北京图书订货会异常火爆地拉开了帷幕。抛开参展商、展出品种和订货的码洋不论，仅仅是人山人海、人头攒动、人潮汹涌的热闹场面，也着实让人们狂欢了一把。恐怕主办方也没有想到，一个专业性极强的图书订货会，竟然办成了一场群众广泛参与的"庙会"。一时间，图书订货会成了社会热点话题。似乎没有关注活动、没有参与图书订货会，就与当下脱了节、落了伍似的。躬逢其盛的人们，在参与活动的同时，陶醉于轻松的交流环境里，陶醉于图书营造的知识海洋里，陶醉于乍暖还寒的春风里。

不难看出，人们对知识的渴望与对自由的向往同样迫切。图书给人们带来知识的同时，也给人们带来了身心的愉悦和思想的解放。这就是社会发展给人们创造的美好生活。就像在郁郁葱葱的春天，人们自由自在地漫步在田野中，陶醉于春风里。春风不知醉，处处充满了幸福和快乐。事实上，在现代社会生活中，对知识的追求，已成为人们的一种生活方式。尤其是随着人类社会的进步、科学技术的发展、文化知识的更新，通过阅读等形式，人们如饥似渴地获得新知，在追求知识的过程中，陶醉于知识的新奇和魅力。

中国式现代化概念，赋予了幸福美好生活新的内涵。其中，具有时代特色的文化内容，为提高人民的文明素养做着积极贡献。出版业与其他文化行业一样，顺应这种时代发展的潮流，为丰富人民群众的精神文化生活，执着努力、创新创造、奋力前行，开创了一个又一个发展的奇迹，推动文化强国建设大步向前迈进。以书展等形式为媒介，开展文化的交流、观念的交融、思想的交锋，既丰富了人民群众的精神文化生活，也传播了社会主义核心价值观，毋庸置疑，也是建设中国式现代化文化强国的一种具体实践。

作为社会的一员，主动适应这种时代发展的变革，积极投身于社会实践活动，既需要主动识变、求变、应变，跟上时代发展的步伐，融入现代化建设的历史进程之中，也需要积极担当、勇于作为，在具体的工作岗位上团结拼搏，做一个努力进取的前行者。或许，在这个历史进程中，个体仅仅能激起一点点浪花，但只要积极参与其中，就无愧于时代。正如沐浴在春风里，无论是阳光明媚的早晨，还是太阳当空的正午，抑或是星辰满天的夜晚，只要身在其中，就能切身感受到春风不知醉的美妙和世间万物的美好。

信　　仰

从概念上理解，信仰是关乎理想、关乎人生、关乎发展的理论问题，是对某种宗教或主张极度相信、崇拜而将之奉为言行的根本准则。信仰是属于哲学范畴的一个概念，泛指自我认知从低到高的理论认同和实践探索，是基于崇尚、崇信、崇拜天地人神，而又不局限于此的基本信念。从生活中理解，信仰是一种精神力量，凝聚人们的意志，统领人们的思想，指引人们奋勇前进的方向。中华民族的祖先信仰天、地、人三者合一，即崇拜上天、崇拜自然、崇拜祖先，不仅是一种哲学思想的概括，更是一种社会现象的呈现，真实反映了中华民族先人的生活状况，与一些单纯崇拜宗教的信仰有所不同。

同世界由多个民族、多种制度、多样文化组成一样，信仰也是多元的。这既与人们的生活环境存在差异直接相关，也与人们的基因传承存在差别密切相连，完全符合文化的属性和发展的规律。从理论上讲，崇高的信仰应该是向上、向善、向好的，就像一面旗帜引领人们向美好的目标前行。在实践中看，有些披着华丽外衣的信仰，实际会对人的发展产生消极影响，甚至使人误入歧途。这些所谓的"信仰"，终将走向灭亡。

那些所谓的中国人无信仰之论调，是西方文化歧视者的狭隘观点，本质上是种族歧视的反映。事实证明，中华民族是一个有信仰的民族，且这些信仰是传承发展的。中国共产党人作为中华民族的优秀代表，所信仰的共产主义理想，是学习借鉴现代世界先进的思想——马克思主义，传承弘扬世界"四大文明"之一——中华文明所包含的中华优秀传统文化的成果。融汇古今，凝聚人心。

进入新时代，我们每一个中华儿女都肩负着实现中华民族伟大复兴的神圣使命。坚定信仰、坚持信念、坚守初心，是我们战胜一切困难的无穷力量。我们必须始终坚持以习近平新时代中国特色社会主义思想为根本遵循，把坚定信仰与世界观、人生观、价值观培养结合起来，与学习、工作、生活结合起来，与立足本职、建功立业、再创辉煌结合起来，牢记党的不懈奋斗史、不怕牺牲史、理论探索史、为民造福史、自身建设史，做到知史爱党、知史爱国，坚定不移听党话、跟党走，立足新发展阶段，贯彻新发展理念，构建新发展格局，努力争取更大光荣，为实现民族复兴、人民幸福的目标作贡献。

崇高美德

奉献，是一种高尚的情操，是一种崇高的境界，是一种高贵的品质。纵观中华文明发展史，无数仁人志士舍小家为大家，用一生奉献社会，许多事迹成为流传至今的美谈佳话。从"苟利国家生死以，岂因祸福避趋之"，到"鞠躬尽瘁，死而后已"奉献报国，从"仁者爱人""上善若水"，到"以民为本，德行仁善"奉献为民，从"君子以见善则迁，有过则改"，到"勿以善小而不为，勿以恶小而为之"奉献善举，从"穷则独善其身，达则兼济天下"，到"天下兴亡，匹夫有责"奉献理想，无不闪烁着文明火花，透射着精神光芒。

曾几何时，一腔热血的爱国者、奔走呼号的救亡者、前仆后继的革命者，在中国历史上演绎了一幕幕悲壮雄浑的奉献之歌。五四运动，先进青年知识分子发出的"爱国、进步、民主、科学"号召，掀起了彻底的、不妥协的反帝反封建运动；孙中山的新三民主义，提出联俄、联共、扶助农工三大政策，为"民族解放之斗争"开启了新的历史篇章；在民族危难时，中国共产党人义不容辞肩负起"救民族于危亡、救人民于水火"的责任使命，牢记为民奉献的精神，践行为民奉献的使命，战胜了一个又一个困难，让中国人民真正站起来了。

进入中国特色社会主义新时代，奉献精神得到了进一步弘扬，成为一种社会现象、时代风尚、精神力量。从扶老恤幼到扶贫攻坚，从社区服务到城市建设，从抢险救灾到大型活动，奉献在全社会真正流行了起来。"一方有难，八方支援""同舟共济，守望相助""众志成城，共克时艰""人人为我，我为人人"等理念，早已"飞入寻常百姓家"，做到了家喻户晓、深入人心、鼓舞人心，且以时代新貌引领社会各行各业，把奉献社会、奉献国家、奉献人民培养成了一种生活方式和生活习惯，与人民群众的学习、工作、生活紧密结合在一起，做到了广泛化、常态化、生活化。

如今，奉献的主旋律回荡在祖国的大江南北，响彻于生活的方方面面，合奏出美妙的时代颂歌。面对各种灾难，千千万万的人民群众，全心投入、无悔付出、真诚奉献，经受住了一次又一次考验，为营造安定的社会环境，默默做出了奉献。正是奉献精神，熔铸着中华优秀传统文化、革命文化和社会主义先进文化，具有深厚的文化底蕴、鲜明的中国特色、旺盛的生命力量，让世界充满了爱。在爱的浓浓氛围中，中华民族一定能够阔步前行，中国式现代化建设、中华民族伟大复兴一定能够实现。

莫做清谈客

"清谈"一词源于魏晋,原指当时的一些士大夫崇尚虚无,空谈哲理,且谈论之内容并无太多现实意义。在形式上,清谈是以简练而精妙的语言、含蓄而妙趣的风格、轻松而洒脱的方式,表达清新轻松而富有新意的观点,被古人视为"阳春白雪"式的活动。可以想象,两个或几个清谈者席地而坐,一盏烛光、一杯酒水、一炷清香,引经据典、侃侃而谈、妙语连珠、佳句频出,任思绪在有与无、生与死、动与静间飞扬;谈到投机时,欲言又止、揣度猜测、恍然大悟、相视而笑,呈现出一种超凡脱俗、高雅处世、淡泊人生的风流姿态。

当代的清谈者也大有人在,只不过与传统的清谈不同,表现为对现实问题发表空洞的、脱离实际的高谈阔论,缺乏具体的、脚踏实地的社会实践。在日常生活中,时常会碰到一些口若悬河、夸夸其谈的人。其言论站位之宏远、用典之精妙、论理之深邃,让人不得不佩服感慨。然而,其言论内容之空虚、道理之空洞、见解之空乏,让

21

人不得不遗憾感叹。换言之，这些思想上的巨人、行动上的矮子，理论素养虽高深而幽邃，但充其量只会来点锦上添花，很难做到雪中送炭，对推动社会实践活动，可以说并没有太多实际意义。

"天桥把式——光说不练。"现在被用来比喻和讽刺那些只讲空话大话、不务实干事者。当年，天桥艺人靠一张嘴让观众乐在其中，也是一种本事和能耐，仍值得一些活动借鉴。然而，许多社会实践活动要解决遇到的矛盾和问题，需要出实招、做实功、见实效，光说不练显然是行不通的。因此，少点夸夸其谈、多点求真务实，在实践中奋斗、在奋斗中实践，是开展社会实践活动必须铭记和践行的。正如习近平总书记强调的："要做起而行之的行动者，不做坐而论道的清谈客。"

"空谈误国，实干兴邦。"要成为一个对社会有用之人、国家栋梁之材，须让自己的想法、办法、做法符合实际情况、符合客观规律、符合政策要求。对于社会而言，要大力倡导求真务实、真抓实干的作风，反对浮夸之风，培育干事创业的氛围环境，让踏实干事成为一种风尚；对于个体而言，要始终坚持勤勉笃行、知行合一，不搞假大虚空，将那些虚无缥缈、异想天开、清谈高论抛于脑后，立足现实、着眼实际，勤奋踏实走好人生的每一步，为社会发展进步做出应有贡献，唯有如此，才能无愧于国家、无愧于时代、无愧于人生。

泛 西 化

当前，社会上存在一种错误思潮，认为我国改革开放取得的辉煌成就，正是追求全面西化的结果。甚至认为现在经济领域追求现代化、文化领域强调防止西化，是一种不正确的逻辑。事实上，正是由于这种思潮混淆了改革开放的实质，才会造成泛西化的现象。这里必须厘清的是，现代化不等于西化。一方面，我国的改革开放，是在学习借鉴全人类现代文明成果，包括一些经济欠发达地区文明基础上开展的，并非照搬照抄了西方的一切；另一方面，我国的改革开放，是在汲取世界先进文化成果、传承中华优秀传统文化基础上进行的，在经济繁荣发展的同时，也推动了中国传统文化的现代转换。

客观地讲，如何看待现代文明与西方文明的关系，已不单纯是一个学术问题。也就是说，要清楚所谓的西方国家文明并不等同于现代文明，现代文明是人类社会共同创造的成果。正如经济落后不是社会主义的特征，现代化也不是资本主义的专利一样。基于这一认识，我国的改革开放，是在逐步解放思想、大胆学习借鉴世界上一切先进事物的基础上全面展开的。随着经济建设的现代化程度越来越高，社会的方方面面也逐步发展完善起来。比如，关注国民的幸福指数，体现了社会发展与人民群众的关系；关注人与自然的和谐共生，体现了经济建设与环境保护的关系。

实践让我们认识到，经过几十年的改革开放，虽然我国取得了天翻地覆的发展变化，但在一些领域，特别是教育、医疗、住房等，出现的一些盲目全盘西化的做法，一定程度上迟滞了改革开放的深化。所谓的全面市场化并非是先进的理念，甚至一些西方国家自己也深受新自由主义的危害，阻碍了自身的发展。这也从另一个侧面说明了西化并不等同于现代化。纵观人类社会的发展史，任何社会的发展进步，都非简单地临摹拷贝其他社会，而是在学习借鉴先进思想的基础上，自我完善、自我革新、自我提高的结果。

就文化属性而言，民族的就是世界的，世界的也是民族的。当经济迫切追求全球化和世界大同，民族文化的独特性地位则愈加重要。因为，支撑民族屹立于世界民族之林的，恰恰是这个民族的独特文化，且社会的发展最终也是以文化的形式呈现的。因此，民族文化的独特性，不仅是坚定文化自信的需要，更是坚定社会发展道路的需要。

防止一切泛西化是一场旷日持久的斗争，唯有始终坚持正确的政治方向、舆论导向、价值取向，保持文化的民族性、时代性、先进性，秉持民族的就是世界的这一理念，才能确保中国式现代化发展之方向。

言之有物

与人交流是日常生活的常态，随时随地都可能发生。用简洁的语言，表达丰富的思想感情，达到传递信息、沟通了解之目的，是生存发展的基本功。学习交流也是一个社会人必须面对且经常参加的活动。通过交流，相互学习、彼此促进、共同提高，让学习效果最大化，也是学习成长的基本功。交流既然是学习生活的一项基本功，自然有一些特点规律可遵循。也就是说，无论从哪个角度来展开，交流都必须是针对主体、对象、目的和内容进行的，这样才能有的放矢、一语中的。把握这一原则和方向，就不至于差之毫厘，谬以千里了。

专业性的学习交流目的性更强，需要将有理论高度的观点、有思想深度的认识、有实践温度的感悟表达出来，让对话者受到启示、引发思考、产生共鸣，最好能够起到醍醐灌顶、扣人心扉的良好效果。为此，经常参加学习交流的同志，在不断提高政治理论素养的基础上，确实需要花费一些气力和功夫，重视并有针对性地加以研究，掌握表达自我思想、观点的技能技巧，使学习交流做到开门见山、直奔主题，言之有据、言之有理、言之有物，确实起到应有的作用。

实践中，对学习交流的方式方法存在一些不同看法和意见实乃正常。关于学习交流，常见的是顾左右而言他，聚焦不够、发力不准、着力不足。很多人容易存在"灯下黑"的问题，总是喜欢以工作部署的口吻，强调、要求别人应该怎么做，自我反思则少了一些。毋庸置疑，学习交流是一种互动，对话者互相听言、察色、会意，是学习交流的根本。如果舍本而求末，手电筒只照别人不照自己，交流的效果自然会打折扣。在学习交流时，还有一点应该引起高度重视，就是发言既要有理性的认知，更要有感性的认识，还要有率性的认同。换言之，学习交流既要视野宽、角度新、站位高，也要更加具体、更贴实际、更接地气。

讨论学习交流这个话题，永远会有一些新的见解。对此，既不需要八股式的固定模式，也不需要刻意去规范统一，只要能够紧紧围绕主题展开，真实地表达思想、反映心声、传递内容，而不是虚假的客套、简单的敷衍、一本正经的流于形式，就是好的学习交流方式。要想达到这个效果，交流双方必须在同一背景、同一频道、同一语境下进行。交流双方必须明白思想表达的真实意图，而且是有实际意义的。否则,不是对牛弹琴,就是虚张声势,不会有太多的实际效果。同时,提高学习交流的能力和水平,需要学习交流者积极思考和努力实践,也需要参与者积极反馈和真实建言。

能　　者

　　能者，古代是指具有能力的人，而非一般意义上的素质。能力和素质既有联系，又有区别。这一点，从字面就可以区分。能力，是人的素质被吸纳转化的表现形式，指的是干事创业的真实本领，反映了个体完成工作任务的可能性，是解决实际问题所必需的主观条件、重要因素和心理特征。素质，是形成人的能力的基本涵养，指的是经过培育而形成的文明素养程度，包括思想、文化、身体等方面。能力与素质的高低，与地域、民族、国家没有关系，仅是对人的高度概括和重点总结。不同的人，能力与素质的表现也不同。

　　之所以突出能者的地位，摆正能力与素质的关系，原因至少有三。一是防止唯学历论。在社会生活中，单纯强调素质的代表就是唯学历论。有的人一说到名人名校，就铁定认为水平很高。若不区分范围领域就得出这个结论，无疑是唯学历论。二是防止唯经验论。在现实生活中，有的人过分依赖已有的经验，不仅思维懒惰，而且动辄以成功者的口吻谈体会、讲道理、行说教，不利于创新。在互联网时代，很多年轻人拥有的知识量，比一些有经验的同志还丰富。三是理论应与实践相结合。实践证明，只有将文化素养转化成实际能力，才能让个人素质有价值。

能力与素质关系到人才问题。妥善处理两者的关系，必将有利于个人、组织、社会的发展进步。反之亦然，任何事情处理欠妥也会影响深远。现实中，"两唯论"的教训比比皆是，甚至触目惊心。华为等民族企业的发展说明，在人才选拔培养方面，既要关注人才的成长履历，也要关切他们的实际能力。从这个意义上讲，单纯的"学而优则仕"或"泥腿子有能力"之说，都是不够科学、不够公允的。一些父母让学习成绩欠佳的孩子早早弃学下海经商的做法，是值得商榷的。同样，事事以学校、学历、学分画线，也是狭隘的。

在人才培养中，是从高学历的人里面选拔有能力的人，还是从有能力的人里面选拔学历高的人，不仅是工作思路的问题，也是工作方法的问题。强调对能者的重视和关注，除了在思想上重视以外，还需要进一步加强体制机制改革，努力提高全社会的文化素养，让更多人具备基本的能力素质成为能者，也让更多的能者有机会发挥自身优势服务社会。同时，要加大人才培养力度，始终坚持走出去，到基层、到群众中、到实际工作中去学习锻炼。既让人才的聪明才智接受实践检验，也让他们在工作中培养、提高实际能力，以便能够胜任更多、更高、更重要的工作岗位，更好地为人民群众服务。

人才之路

在我国的人才队伍培养体系中，职称评审是国家事业改革发展的有效保障，是社会重点人才培养的关键环节，是专业技术人员成长进步的基本途径。据不完全统计，我国的职称评审涉及 8000 万专业技术人员。2016 年以来，仅高级职称就新增 200 万人，其中，正高级职称 18.8 万人。这些专业技术人员，遍布教育、卫生、经济、工程等社会生活的方方面面，涉及 27 个专业技术系列。这些专业技术人员的工作极其重要，与国家的政治、经济、文化、社会、生态文明建设息息相关，与全面建设社会主义现代化国家的各项工作紧密相连，与广大人民群众的生产、生活、生存血脉相通。

通俗地讲，职称评审似爬山比赛，参评的层级越高，难度就越大；参评的专业越冷僻，机会就越少。每一次成功的评审，都需要经历重重困难。主要有三难。一是符合评审职称的资格难。职称评审的要求，许多细条条、硬杠杠，每一项都没有松动的余地。披荆斩棘、翻山越岭，最终才可能见到顶峰的曙光。二是满足评职称的条件难。单单是论文要求就细之又细，南核的、北核的，更不用说编辑部的要求了。不掉几层皮，很难如愿以偿。三是获得聘任职称的岗位难。即使过关斩将评上了职称，也可能因种种原因一时无法被聘任，仅仅是一虚名。

明知山有虎，偏向虎山行。尽管职称评审之路困难重重，但人们仍然趋之若鹜。因为这是一条专业技术人员成长发展的重要道路，是专业技术人员证明自我的方式之一。然而，虽说这是一个艰难的过程，但难也有难的好处和快乐。在这一过程中，人们磨炼了意志品质，提升了抗压能力，在人才辈出的竞争中脱颖而出，心理上、能力上都得到了锻炼。特别是专业能力水平，大步走在了前列，许多成了行业的精英、社会的栋梁、国家的人才。

科技是第一生产力、人才是第一资源、创新是第一动力。职称评审的问题，归根结底是关乎科技、人才、创新体系建设的重大问题。推进中国式现代化建设，需要更多综合能力素质高、专业技术水平优、创新创造能力强的专业技术人才。加强职称评审的科学管理，开辟一条规范、便捷、顺畅的道路，让有志于此的专业技术人员顺利抵达理想的顶峰，如箭在弦上。

院　　士

　　备受关注的院士增选终于揭开了神秘的面纱，一批众望所归的科学家、行业大咖、领军人才荣膺桂冠，为国家建设、社会发展、科技进步凝聚了智慧和力量。据媒体报道，2021 年两院院士增选结果正式揭晓，共有 149 人当选。其中，中国科学院增选院士 65 人，中国工程院增选院士 84 人。笔者因工作原因一度关注的天津大学，也一扫 10 年无院士当选的阴霾，有 4 名专家、教授分别当选中国科学院院士、中国工程院院士和中国工程院外籍院士。无论如何，都是可喜可贺的。

　　"两院"汇集的是知识精英、某一领域专家或各行各业的杰出人才，为国家发展和社会进步做出了巨大贡献。根据相关规定，院士享受的待遇，包括医疗保健、住房、乘车等都有一定的标准。同时，院士是国家所设立的科学技术方面的最高学术称号，一般为终身荣誉。如此，两院院士的竞选，成为科学家得到认可的重要途径。社会上与院士评选性质相似的事情不胜枚举，如各种职称的评审、各种荣誉的评选、各种奖项的评定，也演绎了一幕幕精彩的故事。在这些故事中，许多人实现了自己的理想，展示了自己的风采，成就了自己的人生，在实现个人价值的基础上，也为国家、社会做出了贡献。

然而，一项制度的设计，不能只考虑人性的善良，否则，难免会被一些挖空心思追逐名利的人窥视，也容易出现一些利用手中资源攫取荣誉的事情。

院士评选给我们的启示是，社会的治理体现在方方面面，有时初衷与结果并非一致，一切活动都需要科学谋划、统筹安排、精心组织，否则就容易出现事与愿违的情况。在全面建设社会主义现代化国家新征程上，作为有使命、有责任、有担当的社会成员，在参与社会实践活动时，只有坚守初心，时刻铭记为何如此、怎样如此、始终如此，社会才会更加和谐，集体才会更加和顺，人性才会更加和善，美好的社会制度才会真正地体现价值，人类社会才会真正地发展进步。

会展经济

　　随着社会的发展进步、人民生活水平的改善提高，人们对文化生活的需求越来越广泛、越来越丰富。随之而来的，是各种各样的博物馆、文化馆、图书馆、展览馆建设纷纷上马、热火朝天、方兴未艾，各行各业的展览展示丰富多彩、推陈出新、层出不穷。各类展览呈现的精彩场景，为人民群众了解历史、研究现实、探索未来提供了便利。如今，作为一种文化现象，展览已成为丰富生活的新时尚、推动经济的新引擎、建设城市的新模式。展览通过独具特色的方式，演绎着现实社会的精彩和绚烂。

　　在第三产业经济发展的过程中，以展览的形式推动文化事业的发展，推进文化产业的腾飞，推广文化生活的普及，成为世界各国普遍采用的一种方法。追溯起来，西方国家会展经济起点较高、发展较快、见效较早，早已形成了布局相对合理、结构相对完整的产业链。据有关方面统计，世界大型会展活动每年超过 15 万场。其中，国际展览 8 万余场。与此同时，20 世纪 90 年代以来，我国会展经济也以每年 20% 的速度持续增长。其中，国际级、国家级、省级的展览引领了会展产业发展的方向，有力地改善了人民的生活，促进了区域经济的发展。

站在参观者的角度看，蓬勃发展的展览文化，在人民群众物质生活得到丰富的基础上，又提供了丰富多彩的文化生活，为人民群众的幸福美好生活提供了强大的保障和有力的支撑；站在主办方的角度看，采取展览的形式，宣传普及社会共同的理想信念、价值理念、道德观念，有利于产生积极的示范引领效应，最终达到事半功倍的效果。

展览既有经济利益，也有文化价值，更有政治意义。会展经济受资源、区域和文化影响小，开发好、利用好、发展好各地的会展经济这一前景广阔的朝阳产业，有利于形成经济发展的新格局。在这一过程中，也要着力解决展览内容、形式、手段创新不足等方面的问题。一个个主题鲜明、形象生动、形式多样的展览，既有助于打造会展经济的新模式，刺激地区经济的转型发展，也有助于旗帜鲜明地弘扬社会主义核心价值观，引领积极的社会思潮和舆论方向，为时代的正能量喝彩。

雅昌现象

"融科技之力，传艺术之美"可谓雅昌集团文化的精髓。作为世界艺术印刷的引领者，雅昌立足文化企业发展的时代高度，坚守为人民艺术服务、艺术为人民服务的初衷，坚持弘扬工匠精神、推动创新创造的思路，坚定建设企业标准、建立现代管理体系的理念，走出了一条民族企业创业成长、创新发展、创造奇迹的发展道路。雅昌集团的成长发展，已成为引领时代的一种文化潮流，在服务党和国家、服务社会、服务人民的过程中，擎起了民族文化自强、自立、自信的旗帜。

与许多优秀民族企业一样，雅昌集团同样具有强烈的社会责任感和自觉担当的使命意识。雅昌集团以传承、提升、传播和实现艺术价值为己任，面向艺术专业全领域，面向艺术发展新方向，面向艺术市场大格局，充分发挥专业能力的优势，推动艺术传承——积极拓展专业服务领域；提升艺术价值——创新创造产品种类模式；普及艺术知识——通过全面加强深度合作，努力提高服务质量，着力打造精品佳作，让人民群众实实在在地享受印刷之美、艺术之美、文化之美。

作为标志性的文化企业，雅昌集团自身的成长、发展、壮大，成就了一种社会现象，形成了一些先进理念，引领了一个发展方向。特别是中国特色社会主义进入新时代，面对日新月异的技术发展和万象更新的商业模式，雅昌人积极运用大数据、云计算等科技手段，把二十多年来积累的资源优势，转化为企业创新发展的综合优势，突破了制约改革发展的瓶颈，增强了影响提质增效的效力，开辟了助力企业腾飞的新途，为企业的跨越式发展夯实了基础、注入了动能、增添了活力。

雅昌集团发展的启示：自加压力、自给动力、自强不息、自我奋斗，永远是鞭策企业成长发展的箴言。这不仅是企业自身成长的实践所得，也是社会全面发展的实践所得，更是人类文明进步的实践所得。同时，也是建设中国式现代化的实践所需。唯笃行而致远。对于社会、企业和个人而言，必须切实增强这种意识和自觉，并在建设社会主义现代化国家的实践中付出努力、心血和汗水，推动伟大的事业持续向前发展，以英勇顽强的奋斗谱写中华民族伟大复兴的新篇章。

时势造英雄

时势造英雄，英雄造时势。在人类历史的长河中，英雄的出现，既有偶然因素，也是必然结果。真正的英雄，能够在特定的历史条件下，依势而为、借势而为、顺势而为，做出利国利民、惊天动地的大事，成就轰轰烈烈、可歌可泣的伟业。综观历史，人类社会的发展史、中华民族的文明史、中国革命的奋斗史，也是民族英雄的荣誉史。在人类历史上，英雄常常是与军事、军队、军人紧密联系的，他们在改变民族命运、影响社会发展的历史进程中发挥了重要作用。然而，英雄不论出处，只要是为人民利益忘我奋斗的人，都是令人钦敬的英雄。

崇尚英雄才会产生英雄，争做英雄才能英雄辈出。崇尚英雄，不仅是对英雄人物的崇拜，也是对英雄事迹的感怀，更是对英雄精神的敬仰。一个有希望的民族应该英雄辈出，一个有前途的国家应该模范频现，一个有作为的时代应该先锋竞秀。崇尚英雄，庆祝"八一"，就是借庆祝中国人民解放军建军纪念日之机，培养尊重英雄、热爱英雄、关爱英雄的社会风尚，培植向上、向善、向好的社会道德，培育当代核心价值的社会体系，共筑社会的思想道德基础，让英雄行为得以实践，让英雄辈出成为现实，让英雄精神发扬光大。

建设中国式现代化，需要营造积极向上、团结一致、奋发图强的氛围，同样需要创造英雄辈出、勇于创新、拼搏奋斗的局面。弘扬英雄精神，首先要维护英雄形象、捍卫英雄荣誉、崇尚英雄品格。特别是要在青少年中树立起英雄的高大形象，让追逐英雄成为一种梦想、成为一种时髦、成为一种荣光。事实上，在全面建设社会主义现代化国家的伟大社会实践中，各行各业都会有英雄涌现。这些英雄虽然并非都有轰轰烈烈的伟大成就，但平凡同样可以成就伟大。他们为国做出了贡献，可谓新时代的英雄。

永远不能忘记，无数民族英雄在中国革命、建设、改革中，始终践行为人民服务的宗旨，成就了亘古未有、可歌可泣、彪炳史册的历史伟业。特别是随着国家体制机制改革和军队改革的进一步深化，军委管总、战区主战、军种主建的体制进一步完善，各种激励机制进一步落实，英雄辈出的环境进一步营造。有理由相信，人民军队在未来维护国家安全、保护人民群众生命和财产安全、守护现代化建设成果等方面，必将充分发挥保驾护航的作用，谱写更加壮丽的英雄诗篇。同时，在建设中国式现代化伟大实践中，各行各业英雄辈出的现象，也将成为一道新时代的壮丽风景线。

江　　湖

　　闲来无事，又搜出根据金庸小说拍摄的《笑傲江湖》《飞狐外传》等追了剧。虽说是"故地重游"，但仍被剧中侠客的精湛武功所惊艳，更被他们的万丈豪情所折服。同时，"江湖"一词难免也引发联翩遐想，令人跃跃欲试。令人难忘的是，剧中刻画的一个个侠客形象，往往都能够凭借一己之力纵横江湖，除恶扬善、匡扶正义、弘扬正气，影响或改变着他们身处其中的社会环境。江湖，似乎意味着平凡人眼中不平凡的世界。古代之江湖，一如北宋政治家、文学家欧阳修在《朋党论》中所概括的："所守者道义，所行者忠义，所惜者名节。"

　　"人在江湖，身不由己。"说的是在社会的大浪淘沙中，人不得不随波逐流。其实，这只是自甘堕落之人的一种托词。然而，无数有志之士，却能够像真正的侠客一样，在江湖的大风大浪中，敢于直面挫折，敢于迎接挑战，敢于战胜自我，赢得了一个崭新的世界和全新的自我。江湖，无非是真实社会的写照——一个让侠客又爱又恨、又恨又爱的现实世界。侠客只有勇于接受这一现实，才可能直面人生，也才可能真正赢得人生。对于我们来说，消极选择随波逐流，不仅可能迷失自我，甚至可能失去自我，更无益于社会的发展。

今人所谓的"江湖"，与古人所谓的江湖早已大有不同，既是指社会环境，也是指生态环境，更是指人文环境。作为一个现代的社会人，身在"江湖"已是不可能避免的了。对此，是主动适应环境、适者生存，还是被动接纳环境、物竞天择，既需要展现一种人生态度，更需要做出一种人生抉择。就像古代之侠客，在冲破宗派藩篱束缚时，需要的不仅是闯荡江湖的武功和勇气，更是闯荡江湖的胸怀和气概。或许，这才是江湖给予我们当代人的启示，也是我们坚守道义的意义所在。

毫无疑问，只有练就自身过硬的本领，闯荡"江湖"才能所向披靡，奉献社会才能有所作为。事实上，无论是我们所处的人文环境，还是我们所面对的生活环境，都具有鲜明的文化特色、人文特点和时代特征。特别是在现代社会全新的人际关系、社会架构和价值体系面前，道义、忠义、名节永远不能丢弃，尽管表现出来的情形与古代有所不同。况且，人生依然应该是拼搏奋斗的人生。面对如今的"江湖"，若能始终守心如初、矢志不渝、勇于担当，就能像古之侠客一样，在各自的天地里拼搏奋斗、展现自我、奉献于民。

人生经历

"生为男儿，不当兵是一种遗憾；当兵，不打仗是一种遗憾；打仗，不受伤是一种遗憾；受伤，牺牲了是一种遗憾。没有遗憾的人生，也是一种遗憾。"——这首小诗《遗憾》，是战友海源当年在老山前线所作，抒发了那段经受火与血洗礼、生与死考验的轮战经历带给他的现实感悟和人生感怀。对于人生来说，经历是一场不期而遇的时光。挥刀驰骋南北、叱咤风云也好，执笔著作文章、淡泊明志也好，热爱凡桃俗李、平凡普通也好，所有的经历都是现实生活的真实写照和客观反映，更是既十分难得，又极其宝贵的人生财富。

有经历无憾事。有的人为信仰努力拼搏奋斗，追求激情似火的生活，始终能够保持坚定的信念、旺盛的斗志、顽强的作风，即使面对艰难险阻、挫折痛苦，也无怨无悔、初心不变、矢志不渝。倘若遇有无果而终，也能主动调适自己，以饱满的热情、良好的状态，重新投入追逐梦想、实现人生价值的社会实践。有的人为理想视名利为粪土，追求平静恬淡的生活，既没有成功之兴奋、成事之喜悦、成就之豪放，也没有失落之沮丧、失败之痛苦、失去之悲伤，任凭风浪起，稳坐钓鱼船，一切顺其自然，平平淡淡，知足常乐。

现实生活中，正是这种或那种的憾事、这样或那样的故事、这份或那份的凡事，构成了一幅虽不尽完美、尚有遗憾，但独一无二、精彩纷呈的人生画卷。在这幅画卷里，有写实的人生片段，把生活中的起、承、转、合，真实形象地描绘了出来，让人生的热点得以呈现；也有写意的华美瞬间，把生活中的精美、精彩、精华，浓墨重彩地渲染了出来，让人生的亮点得以闪现；抑或有工笔的局部画面，把生活中的环节、枝节、细节，细致入微地描绘了出来，让人生的节点得以凸显。也正是无数的人生画卷，构建了社会的壮丽景观。

人生就是经历，无论你在这些经历中扮演的是何种角色。而记忆就像一条流淌的河，尽管无法挽留逝去的，但或多或少留下了难以磨灭的。这些印记，或许会让记忆沿袭古道，源源不断地流淌着，一遍遍复制过往的河道，向着前方奔腾而去；或许会让记忆开辟新途，滚滚不息地涤荡着，一次次拓展全新的河床，向着未来勇敢前进。对于个人来说，经历都是有价值的。正确地认识这些价值，不仅能为我们的人生提供宝贵的经验，也能让我们的人生少走弯路、少犯错误、少留遗憾。

老　山

　　提起老山，当下的许多人并不一定知晓。与世间的一些名山、大山、仙山不同，老山没有显赫的衣钵，没有兴盛的资本，没有痴迷的信徒。尽管如此，在 20 世纪 80 年代，它仍可谓名噪一时。那个年代，一颗红心、一腔热血、一抔热土，成为人们对老山的深刻印象。关于那段历史的故事有很多，正是那成千上万个故事，记录了老山轮战的艰苦岁月，谱写了参战将士的悲壮诗篇，讴歌了血染风采的英勇事迹。老山，因战争成为丰碑；军人，因奉献成就了"老山精神"。

　　青春，是老山精神的形象化身。因为有了十八九岁的热血青年，一座沉寂的山峰焕发了生机，充满了活力。无数中华儿女，为了祖国、为了人民、为了荣誉，甘洒热血守南疆，用年轻的身躯，挺起了老山不屈的脊梁。在火与血的洗礼、生与死的考验面前，老山似乎有了生命的气息，在天地一呼一吸间，充满着感染力和吸引力，令国人魂牵梦绕，难以释怀。

奉献，是老山精神的完美诠释。当广大同龄学子为了前途读书求知，当一些逐利者一门心思挣钱发财，在那个年代，奉献似乎成了天方夜谭。然而，"牺牲我一个，幸福十亿人"，老山将士以行动捍卫了誓言。从猫耳洞里让衣、让水、让食物，到整个老山前线争任务、争战斗、争到一线去，无不体现了奉献精神。"舍小家，为大家"，融入军人血液之中。随之，从西南边陲，传播到祖国的大江南北，成为那个时代的风尚。

理解万岁，是老山精神的时代心声。"理解万岁!"看似简单的话语，一度引发了洛阳纸贵；也是这简单的话语，成了传世的名言箴句。前线将士理解举国上下以经济建设为中心的大局，也希望国人理解将士浴血奋战的付出，在各自不同的岗位上共同创造佳绩。之所以喊出了"理解万岁"，就是试图找到一方追求自我价值与另一方追求无私奉献的交汇点。理解万岁，不仅揭示了前线将士的思想境界，更弥合了价值取向的思想差异，呼唤国人回归"我为人人、人人为我"的状态，重新肩负起社会的责任和应有的担当。

老山，是一个特殊年代的热血话题。老山精神，是一个社会发展的永恒话题。虽然这个话题已成为过去，然而，老山依然挺拔屹立在那里，老山精神依然挺拔屹立在那里。即使那段记忆渐行渐远，但相信每一个经历过那段时光的人，永远都不会忘记青春、奉献、理解万岁等烙印着那个年代特征的字符。同时，重提老山对当下具有启示意义：无论身在何处、行向何方，保持青春活力，始终奉献于民，做到理解万岁，依然十分重要。

我是爱南开的

"一寸一时光，百年路方长，风吹炉火旺，誓言炼信仰，千万人、有力量，万千人、有向往；百炼成钢，三千里、披霞光，青春热血上，八千里、尘土扬，长风精成钢。一锤一成长，风物放眼量，手心贴胸膛，壮志铸荣光，百年间、比倔强，千年梦、火一样；百炼成钢，上九天、射天狼，弓弩力道强，下五洋、乘风浪，云帆挂远航。"在中国共产党建党百年之际，我因公来到南开大学。站在学校南大门，映入眼帘的是一座伟岸的雕像。正如雕像中的伟人，用一生的追求和实践，诠释了允公允能、日新月异的崇高品格和爱祖国、爱人民、爱母校的博大胸怀，让人们情不自禁地有了一种亲切感，忍不住发出与雕像基座上文字同样的感慨：我是爱南开的！

南开的百年史，无不与爱相连。从文以治国、理以强国、商以富国的先进理念，到了解中国、服务中国的行动实践；从"你是中国人吗？""你爱中国吗？""你愿意中国好吗?"的爱国三问,到把爱国之心化为报国之行的雄志宏愿;从爱国奉献、淑世为公的铮铮誓言,到南开大学具有的光荣爱国主义传统,所有的一切,无不体现救国、兴国、强国之初心。

南开的爱,既有心系国家、服务社会的家国情怀,也有桃李繁盛、我自芳华的人生追求,无论是从南开的百年风雨,还是从每一个南开人身上,不难看到,面对各种环境,南开人始终能够保持蓬勃进取、永远年轻的心态,始终能够坚定攻坚克难、拼搏奋斗的信念,始终能够洋溢锐意创新、建功立业的豪迈,以及对真理的执着追求,对祖国的无限热爱,对人性的宽厚包容,用行动演绎了美哉大仁、智勇真纯的风采。

"我是爱南开的"这看似普通而又简单的话语,却有着极强的穿透力、影响力、感染力。这种爱,穿越时光的隧道,时刻萦绕在脑海里,让曾经走近南开、了解南开、关注南开,甚至接触过南开人的人,也同样感染了爱的力量,通过一代又一代传承,将爱永远传递下去——从爱南开、爱南开人、爱南开精神开始,让允公允能成为一种时尚,让日新月异成为奋斗方向,用巍巍南开精神,续写出新时代的圣曲华章。

"我是爱南开的"体现的是胸怀祖国、放眼世界的大爱。或许,一首《水调歌头·公务天南大》是最好的诠释:

辛丑甲午,恰建党百年,公务功成,同聚话别夜,填词以共勉。

汇聚渤海边,公务天南大。责任重于泰山,并肩力迸发。尚先驱化惊雷,憾革命未竟业,热血祭芳华。仰鞠躬尽瘁,肝胆为国家。

忠勇在,慎勤行,汗水洒。描绘百年蓝图,同题谋共答。练就火眼金睛,修得圣手良医,妙方解重压。牺牲小自我,为了大中华。

盒马鲜生

一个新生事物的出现，必然会产生一定的辐射和影响。一段时间以来，"盒马鲜生"作为一种新型商业零售业态，兼容了超市、餐饮店、菜市场等功能，为人们提供了更多惬意的生活选择，也给人们的生活带来了一些全新的变化。与其说它提供的是一种新型的商业营销模式，不如说它带来的是一种新鲜的生活方式。恰似一度风靡餐饮业的"海底捞"餐饮服务，让消费者享受到了优质的服务；更为重要的是，在这个过程中，人们得到了极大的尊重和满足，好感自然也会倍增。

毫不讳言，到"海底捞"消费，享受的不仅是涮肉的酣畅淋漓，更是服务的细致入微。同样，当"盒马鲜生"三十分钟将鲜美的菜品送货上门，省去你专门到超市挑选菜品的时间和精力时，"叮咚买菜""京东到家""每日优鲜""美团买菜"等品牌，也像雨后春笋般应运而生。此时，你的生活方式、生活质量和生活理念已悄然发生了改变。而这些改变,恰恰又是润物细无声的,沁人心脾、贯通血脉、直击魂魄,默默地浸润着、催生着,让你心中的百合,也随之像春天一样悄然地绽放。

不管承认与否,我们的生活已然发生了许多变化。与此同时,社会也在发生着深刻的变革。这些变化,无论快慢、大小、多少,并不以个人的意志而改变,即使偶尔会出现短暂的曲折迂回,终极目标仍然是一致的。这些变化,与人民的生活是休戚相关的,呈现出越来越强烈的趋势,且越是贴近我们的生活,越是向上、向善、向好。这些变化,是顺应时代之召唤、适应社会之发展、回应人民之需求的变化,虽散见于生活的点点滴滴,但必将引发社会方方面面的深层变革。

毋庸置疑,人类社会的发展,正是在一点一点的变化中逐步向前的。对群体来说,期待着生活中的这些变化,即使变化还存在着不确定性;就个体而言,是做适应这些变化的弄潮儿、践行者,还是做变化的观望者甚至反对者,势必影响人生的基调。同时,伴随着生活的逐渐变化,一场具有时代特色的历史变革必将到来,这既需要少数敢为人先的开拓者,引领时代变革的潮流,也需要千千万万的社会实践者,推动生活细枝末节的变化。唯此,人类社会的变革才能持续良性发展。

侠客精神

古之侠客表现出来的，是一种舍己为人的精神，是正义感和责任感的表现，更是营造安定局面、构建平安社会所需要推崇和倡导的。侠客的行事风格和英雄气概虽有不同，却意义相同——有的特立独行，行侠仗义，快意恩仇；有的不惧艰难险阻，士为知己者死；有的肩负国之大任，以国士报之。史学家司马迁这样评价侠客："今游侠，其行虽不轨于正义，然其言必信，其行必果，已诺必诚，不爱其躯，赴士之困厄。即已存亡死生矣，而不矜其能，羞伐其德，盖亦有足多者焉。"可以说，侠客正是凭一己之力，打抱不平、伸张正义的。

在现代社会生活中，法律的公正、社会的公平、人民的正义，涵盖了侠客精神的精髓——伸张正义。人民呼唤法律、社会呼唤法律、时代呼唤法律。从严、从快、依法——这是法治社会的时代强音，也是侠客精神的现实体现。一方面，法治社会需要维护法律的尊严，依法办案不仅是对法律的尊重，也是对人民的尊重；另一方面，对待性质恶劣、影响消极的案件，从严、从快既是对人民的尊重，更是对法律的尊重。对于那些轻视法律、藐视法律、无视法律的人，就应该让其受到法律的严惩。

现代社会同样需要侠客精神。这种侠客精神，不是传统意义上的，而是被赋予了时代新内涵的；不是个体独立呈现的，而是必须由全社会共同承载的。它代表着法律的公正、社会的公平、人民的正义，是以全社会共同的世界观、人生观、价值观为基础的，是当下重要的道德力量和精神财富。这种力量和财富，需要中国共产党的坚强领导做支撑，需要社会全力以赴做支持，需要法律公平公正做支柱。因此，我们有理由相信，与侠客精神一样，社会的正义也许会迟到，但绝不会缺席。

单身狗

随着社会发展，有一种现象日益凸显：自嘲"单身狗"的"剩男""剩女"逐渐多起来，主动或被动引领了时代潮流。从经历上看，既有勤劳奋斗的打工仔，也有事业有成的成功者，还有无所事事的混世"虫"。从状态上看，既有风华正茂却自诩"剩男""剩女"的，也有历经沧桑却依然矢志不渝的，还有错过佳期仍是白丁一枚的。从地域上看，既有北上广深的奋斗青年，也有中小城市的有志青年，还有偏远地区的热血青年。如今，无论走到哪里，总会有一些形形色色的"剩男""剩女"，成为食文化、酒文化、茶文化谈论的主角，成为人们日常生活的主题。

如今的"单身狗"具有一些共性，主要体现在两个方面。一方面，由于一些人根深蒂固的性别偏见和陈旧偏颇的观念，一些年龄较大、受教育程度较高和事业较有成就的女性，一定程度上要直面择偶难的问题。其中，既有破除陈旧观念的原因,也有新女性追求自由、不想迁就、不愿束缚的缘故。这种情况,以大中城市的女性和高知女性居多。另一方面,由于个体不同的成长背景和地域的经济差异,一些文化学历不高、家境条件不好、吃苦耐劳不够的男性,一定程度上存在着择偶难的问题。其中,既有自身能力素质较弱的原因,也有区域贫富差距太大、家庭经济状况堪忧的缘故。这种情况,以较偏远农村和文化水平较低男性居多。

"单身狗"现象也会引发诸多社会问题。一是家庭和睦、社会和谐的问题。"男大当婚,女大当嫁"是人类社会发展的自然规律,也是家庭和睦、社会和谐的基础和前提,处理不好这个问题,势必会产生连带效应、出现连锁反应。二是生产生活的问题。人是生产生活的基本要素,是社会劳动力的源泉。人们在恋爱、婚姻、生育等方面的问题,容易影响社会劳动力。三是社会发展的问题。当"剩男""剩女"达到一定数量时,医疗、养老、救济等社会问题难免会集中暴露出来,势必引起其他社会问题,影响社会的稳定和发展。

"单身狗"问题,不同于一般社会问题,必须早重视、早研判、早解决。倘若引发了连锁反应,危害很大、隐患无穷、影响深远。究其原因,思想观念是影响恋爱、婚姻、家庭的重要因素。使全社会普遍树立正确的婚恋观是一项任重而道远的任务。贫富差距也是造成"单身狗"

数量增加的原因之一。要在解决好文化振兴的同时，解决好经济振兴的问题，全面提升人民群众的生活水平，使经济不再成为婚恋的主角，让爱情之花开得更加自由、更加奔放、更加灿烂。

婚恋方式

近年来，花样频出、目不暇接的征婚，可谓八仙过海、各显神通，着实让人大开眼界。可以想象，能把千百年来一直委婉含蓄的事情，大张旗鼓、明目张胆地广而告之，甚至形式化、模块化、娱乐化，任人观赏评判，引发社会的广泛讨论也就不足为奇了。然而，值得重视和关注的，正是此类征婚方式，巧妙地借助公共媒体的舆论优势，广泛引发了大众对爱情、婚姻、家庭的深入思考，有力地推动了人们对固有观念和传统认识的批驳，进一步解放了思想，在客观上促进了人类社会的发展进步。

"父母之命，媒妁之言"是沿袭几千年的婚恋方式，至今仍然流行于世，且发挥着不小的作用。通过父母把关、请媒人说合、一对一牵线搭桥的方式，让一些大门不出、二门不迈的大家闺秀，让一些信息交流不畅、接触交往有限的俊男靓女，让一些一心扑在事业、无暇谈情说爱的精英人士，最终能够有情人终成眷属，不管怎么说，都算得上一桩好事。尽管这种好事还存在着一些缺憾和不足，但在各种特定社会环境下，仍不失为一件善举。对此，人们把四处奔波、两面说合的媒人尊称为"红娘"或"月老"足以证明。

从社会学视角看，与家庭结构发生变迁的情形一样，婚恋方式的演变过程，既是社会文明进步的过程，也是人类思想解放的过程。"父母之命，媒妁之言"是父母通过媒人说合进行征婚，是间接的一对一婚恋方式，是对个人隐私的过度保护，反映了人们思想观念的封闭保守；自由恋爱是男女双方彼此进行自我征婚，是直接的一对一婚恋方式，是对个人隐私的有限开放，反映了人们思想观念发生了阶段性解放；而一度流行的媒体征婚，是直接的一对多婚恋方式，是对个人隐私的重点渲染，反映了人们思想观念得到了很大程度的解放。

爱情是社会和文化的产物，同样，也正是社会和文化促成了婚姻的选择、家庭的建立、人类的繁衍。伴随着人类进入后现代社会，虽然家庭模式发生了变化，思想观念得到了解放，但各种类型的婚恋方式仍将持续并行。然而，第二种、第三种方式将越来越占据主导地位，第一种方式尽管还存在着，但这种存在更多的是形式上的，事实上内涵已发生了根本性的变化。"父母之命，媒妁之言"的地位和作用，已今非昔比，甚至仅仅是徒有虚名了。或许，这就是社会发展进步的具体体现。无论如何，这些演化变迁是值得为之抚掌击节的。

家庭的变迁

　　说起家庭，每个人都有发言权。或许，许多人会用鲜活的例子和精彩的故事，让家庭的形象立体、丰满、具体起来。从社会学视角看，家庭是人类社会的基本单元，是社会生活的中心，各种社会活动以它为基础并围绕它展开；从人类社会视角看，人类的生产、生活、生存，都是以家庭为主体的实践活动，且与社会诸方面休戚相关；从日常生活视角看，各个家庭成员生活的点点滴滴，构成了整个社会活动的方方面面，汇集成了人类历史长河的汩汩滔滔。可以说，家庭在社会实践活动中的地位和作用不容小觑。

　　伴随社会的发展进步，家庭的地位和作用也在逐渐发生变化。传统的男耕女织家庭逐渐被妇女能顶半边天家庭所取代。越来越多的家庭成员走向社会，在各自的领域中，以独立自主的形象，扮演着关键的角色，承担起艰巨的责任，发挥了重要的作用，将自我的形象树立了起来。原本由家庭形成的经济地位、政治地位、社会地位，自然而然出现了不同程度的弱化。同时，成员个体在社会活动中的作用愈加凸显出来，成为影响社会发展的重要因素。

现代社会对家庭的改变，影响着家庭成员的婚恋观念、生育观念、生活观念。追求自由、自主、自立的爱情观念，崇尚少生、晚生、优生的生育理念，积极参与、参加、参议社会活动的人生信念，逐渐占据了主导地位。这些改变在一定程度上让家庭成员之间的容忍度远不如以前。当在日常生活中遇到一些情感问题时，更容易被一些现实问题击败。传统的家庭关系发生了一些改变。

尽管如此，家庭作为社会基本单元的本质依然没有改变，且仍在日常的社会活动中发挥作用。但是，原本凭借原生家庭获得的社会地位、可以利用的社会资源已经今非昔比，逐渐失去了诱人的色彩和光环。同时，下一代似乎也逐渐失去了对先辈的天然尊重。即使有人能再写出《颜氏家训》这样的书，恐怕也无法让后人从内心全然接受。家庭正在发生着变化，如何兼顾工作和家庭则显得愈加重要。

代　　沟

在社会生活中，人与人的沟通交流，难免会遇到一些困难或障碍。轻者，彼此尴尬；甚者，不欢而散。类似情况或许是因为存在着"代沟"。"代沟"之概念，最早见于美国人类学家 M. 米德《代沟》一书，原指两代人之间在思想观念、价值取向、行为方式等方面的心理隔阂和行为差距。然而，随着科学技术发展、人类社会进步、知识结构更新，代沟的内涵和外延都发生了变化，概念更加宽泛了。现指对一些事物认识、理解、考量的角度、深度和广度存在的差异。因为这些差异，也导致了一些生活问题、工作问题和社会问题。

今日之代沟，与以往的代沟相比，在形式上是相联相系的，在本质上是相承相继的，是社会发展、科技进步、知识更新的叠加产物。具体表现在三个方面。一是代沟的跨度越来越小。从几十年的代差，缩小到十几年、几年，甚至被单纯以学识涵养断代。二是代沟的深度越来越大。

对生活态度、目标追求、价值取向的朴素理解，逐渐被高层次的认知能力、认识水平、认同程度取代。三是代沟的广度越来越宽。在信念、观念、理念等方面，全面被人类发展的新领域、新知识、新技术替代。

代沟的影响是双向的，既有积极的方面，也有消极的方面。一方面，代沟容易使交流双方产生隔阂，影响人们正常的学习、工作、生活，可能迟滞一些事情的正常推进，甚至可能产生连锁反应，引发一些其他情况；另一方面，代沟也反向给双方带来了压力，促使双方选择最佳的交流内容、方式、途径，特别是迫使双方努力弥合不足、谋求共识。更为关键的是，代沟的存在，客观地揭示了社会发展进程中不同代际之间存在的差异，有助于提示不同代际的人相互理解、协同发展、共同进步。

代沟是社会发展的必然结果，是不以人的意志为转移的客观现实。代沟反映了社会日新月异、人类发展进步的真实状况，也反映了社会发展的客观规律和人类进化的自然规律。伴随社会的发展、科学的进步、文明的繁荣，代沟不仅不会消亡，反而容易产生新的沟壑。敢于正视这一客观规律，主动接受这一社会现实，妥善处理这一具体问题，有利于社会的发展进步。同时，坚持读书学习，完善知识结构，提高自身能力，在认识、常识、学识等方面始终跟上时代前进的步伐，才是增进交流的明智之举和弥合代沟的有效之道。

幸福童话

生育属于自然现象，也属于社会现象；是人类的传统问题，也是社会的现实问题。中国古代有"不孝有三，无后为大"的观念，此观念虽早已不合时宜，却反映了一种人类社会的基本状态，寄托了一个完整家庭的期盼愿望，演绎了一对幸福夫妻的童话故事。从家庭层面看，生育是影响生活的大事，不仅延续了宗族、传承了血脉，更重要的是增添了活力，让家庭充满了生机，是家庭生活的动力和源泉；从社会层面看，生育是影响发展的大事，不仅关乎民族的繁衍兴旺，也关乎社会的和谐稳定，更关乎国家的繁荣昌盛。

生育之所以是全人类的问题，是因为人类社会因此繁衍生息。中华民族五千年的文明史，是一部华夏儿女血脉的延续史、精神的接续史、文化的赓续史。贯穿其中的是中华民族面对重重困难和种种考验，表现出的与天斗、与地斗、与人斗的不屈精神，以及敢教日月换新天的豪情壮志。综观历史，正是一代又一代优秀的中华儿女，以英勇顽强的奋斗精神，开创了一个又一个崭新时代。面对世界百年未有之大变局，在全面建设社会主义现代化国家，实现中华民族伟大复兴中国梦的征程上，同样需要一代又一代优秀的中华儿女。

生育之所以是社会的问题，是因为现实社会为此众口不一。随着人类社会的发展，传统的单一的生育观念，正逐渐向新型的多元的生育观念转变。这样的转变，既关系着家庭的和谐共生，也关系着社会的文化共存。从表面上看，生儿育女是两个人的事情，属于个性化问题，选择生或不生、生多或生少，其他人包括家人都无权过多干涉；就实质而言，生儿育女是恋爱、婚姻、家庭的题中应有之义，属于社会问题，选择生或不生、生多或生少，直接关系到家庭生活、社会发展，甚至会影响到国家的繁荣昌盛。

可见，在现代社会中确立什么样的生育观，对每一对夫妻、每一个家庭、每一个民族，都是一种现实而严峻的考验。一定意义上讲，生育已经不单纯是一种权利了，更多的是一种责任。一方面，尊重人类社会的自然规律，履行应有的责任义务，为爱情开花结果、为家庭添丁进口、为国家加油助力，是皆大欢喜的事；另一方面，尊重人类个性的现实需求，享受自己的生活状态，为奋斗晚婚晚育、为事业少生优生、为理想丁克一族，也是无可厚非的事。换言之，无论如何选择，都是夫妻双方的责任、权利和自由，应当敢于直面。

拔苗焉能助长

"望子成龙"是诸多父母的愿望。正因如此,"鸡娃"现象在人类社会生活中始终存在着,现实中又因为网络的推波助澜而盛传。一些顶着名校头衔的自媒体,靠晒育儿观、育儿方法和育儿好物走红网络。且不说事情的真伪,仅仅是"名校父母"营造出来的效果,就让许多家长深陷教育焦虑,甚至影响了孩子的成长和学习等问题,确实应该引起社会各界的重视,以及媒体管理机构的关注。期望给孩子高水平、高质量、高层次的教育,是孩子、家长、家庭的共同心愿。然而,教育有着自身的规律,古代拔苗助长,当下"鸡娃"速成,都是违背教育规律的,需要高度重视、予以纠正。

作为一种社会现象,"鸡娃"既是现代社会高频率、快节奏、满负荷的客观反映,也是社会、家长、孩子状态的主观表现;既是社会集体心态的转嫁或投射,也是社会发展中潜在问题的呈现或曝光。换言之，"鸡娃"现象反映了在当代社会快速发展的大背景下，人们表现出来的诸多不适应、不协调、不匹配，以及主观世界与客观世界的差异。正如一些暴发户，当经济状况得到迅速改善时，个人的思想境界、道德规范、文化素养却没有与之同步，以至于在思想上、道德上、文化上集中暴露出各种各样的问题。

"望子成龙"是父母对孩子的寄托，也是长辈对晚辈的期望。然而，对待孩子，无论是培养身体素质，还是丰富知识才能，绝不能目光短浅、急功近利。一些家长企图通过喂养一些"高精饲料"，让孩子超越常人，是着实不可取的。十年树木，百年树人。培养孩子必须循序渐进、持续坚持、逐步提高。所谓的"赢在起跑线上"，让一些家长以近乎疯狂的养育方式，无限度地给孩子安排学习和课外活动，尽管可能会一时风光，但未必有利于孩子的健康成长。

随着社会快速发展，在各种压力面前，人们的心态越来越容易失衡，行为越来越容易走向极端。一些急功近利的人事事想高人一头、快人一步、出人头地，往往采取一些非寻常办法，铤而走险的情况也时有发生，"鸡娃"现象自然此起彼伏，甚至有愈演愈烈的趋势。这些现象，不仅存在于对孩子的培养教育上，学习工作生活中也比比皆是。治理这些问题，不能像西医那样头痛医头、脚痛医脚,而应发扬中华民族优秀传统文化的优势,借鉴中医综合调理、对症下药的原理,从提高社会管理能力入手,合理调配使用各种社会资源,解决好人为原因造成的差别现象,从根子上医好心态失衡的问题。

爱有温度

伴随着每天早晚上下班高峰，城市中随处可见的是：由各种接送孩子上学的交通工具、各色接送孩子上学的家长、各类接送孩子上学的方式，构成的一幅幅极具地域特色的景象。这些景象，已然成为一种社会现象。然而，许多家庭为了接送孩子，投入的人力、物力、精力令人咋舌，有的家庭甚至不惜一切代价，给了远远超出孩子成长需要的爱，这些爱反过来又影响了家庭、家长的发展和成长，循环往复。过度的爱让孩子溺了水，也改变了爱的初衷、扭曲了爱的滋养、抹杀了爱的付出。更为严重的是，过度的爱迟滞了孩子的正常发育成长，引发了一些不容忽视的社会问题。

尊老爱幼是中华民族的传统美德，培养孩子付出辛苦努力也是应该的。若孩子尚且幼小，长辈付出更多的爱也是必要的。可是，许多孩子已经十四五岁，甚至快要举行成人礼了，却仍然陶醉于长辈的呵护中享受安逸。孩子的年龄、身体虽在成长，生活能力和心理素质却未及时跟上，面对小小的挫折瞬间崩溃的现象，着实让人担忧。事实上，爱不是抓得越紧越好，该放手时还需放手，让爱烂漫地自由成长，或许也是不错的选择。反之，当年对"80后"一代人的忧虑，现在有过之而无不及，"未来可期"也只能是一种奢望了。

一个孩子，牵动着一个家庭、几代人、多个社会组织，以及更多的社会资源。接送孩子之事，表面看似是一个家庭的事情，实质却是一个社会问题，更是一件关乎民族未来的大事。一方面，为了孩子，家长需要付出炽热的爱，传递一种成长的力量，科学培养教育孩子，让孩子在健康的环境中成长；另一方面，为了孩子，社会各界也需要自我觉醒、主动担当、积极作为，减少造成溺爱的内部条件和外部环境，让家长把更多的精力合理分配到各个方面，承担起应有的责任和使命，回馈家庭和国家的培养，使爱的传递良性循环成长。

生活，永远是一个充满爱的话题。可以讨论的是，爱是有感觉、有分寸、有温度的。然而，过高的温度，容易使孩子热得迷失了自我，甚至成为毁灭人生的开始；过低的温度，容易使孩子凉得缺失了亲情，甚至形成缺憾人生的开端。让生命在合适的温度、正常的温暖中健康成长，才是爱的初衷、爱的真谛、爱的梦想。当成长插上了一双坚强的翅膀，自由自在地翱翔于理想的天空，爱才可能实现自己的梦想，真正成为生活的精神和力量，孩子也才会得以健康地成长，明天才可能面对灿烂的朝阳。

色　难

"祭而丰，不如养之薄也。"祭奠逝去的亲人，是生者对逝者的一种追忆形式，是一种精神寄托、一种心理慰藉。然而，祭祀的礼节再隆重，也不如亲人健在时和颜悦色、真情关爱。道理十分简单：情真而意切。正如孔子解答弟子时所言："色难。有事，弟子服其劳；有酒食，先生馔，曾是以为孝乎?"（《论语·为政》）随着现代社会的发展，孩子经常在父母膝前尽孝显然已经不太现实。怎样妥善处理尽孝与尽忠、家庭与社会、传统与时代的关系，已成为一个影响深远的社会问题。换言之，让孝道传承弘扬，不仅关系到社会和谐、家庭和睦、亲人和善，而且关系到爱老、敬老、养老的社会问题。

"父慈，子孝，兄良，弟悌，夫义，妇听，长惠，幼顺，君仁，臣忠。"（《礼记·礼运》）古人从伦理道德层面，诠释了儒家"修身齐家治国平天下"的哲学思想，构建了古代"君君臣臣父父子子"的社会结构，描绘了传统"父慈子孝兄良弟悌"的家庭关系，也深层次揭示了孝道的历史渊源、社会影响、文化内涵。在中华民族传统文化中，孝道文化占据着举足轻重的地位，且被全社会普遍重视——浓墨重彩的渲染、至高无上的推崇、方方面面的监督。在中华优秀传统文化中，"百善孝为先"的理念，无论在庙堂之上，还是在百姓之间，早已深深植根于人们心里。

对于漂泊在外、为事业拼搏奋斗的人们，能够常回家看看，到父母膝前行施孝敬之事，伴家人身边共享天伦之乐，无疑是不小的奢望。特别是面对日新月异的时代，如何表达为人子女的情感，如何履行尽孝的责任，如何弘扬社会伦理的美德，既是一个学术研究论题，更是一个社会实践课题。从理论上讲，在社会发展进步的今天，对忠与孝的解读，既需要真实、全面、客观的阐释，也需要与时俱进的研讨；从实践层面看，倘若有机会在父母身边尽孝心，既需要时间条件作保障，也需要用心、用情去践行。

尊老、爱老、敬老是永恒的主题。在人类历史发展的进程中，与许多新事物一样，传统的理念被赋予了新的内涵。进入新时代，孝道文化必须遵循社会发展的客观规律，紧跟时代发展的步伐，汲取传统之精华，剔除陈旧之糟粕，在传承中发展、在发展中弘扬，让孝道文化更加富有时代特色。始终要明白，孝道绝不是虚情假意的表演，而是真挚情感的流露。否则，无论表演得多么精彩，都不是真正的孝道。始终要清楚，做人做事务必坚守底线、守心如初，切不可数典忘祖、舍本求末。否则，无论付出多么巨大的努力，都可能一事无成。

知识的摇篮

学校一词，本义指帮助、提携、教导学子获取知识的场所。古之私塾、官学，今之民办、公办学校，作为传承文明、传播知识、传授技能的摇篮，都为社会发展做出了贡献。许多富有特色的学校，在教学管理过程中，积累了丰富的理论知识和实践经验。其中，蕴含着鲜活的思想和鲜明的风格，凝练成恢宏、科学、先进的教育理念，既通过校风校训来呈现，也通过成绩成果来体现。然而，人们在选择就读学校时，更多地看重分数、名次、升学率等结果，甚至单纯以成绩、成果论英雄。虽然是无可厚非的，但学校的价值往往更体现在教育过程本身。或许，这也是值得社会各界关注的重点。

人生中可以接受教育的形式和途径有许多种。归纳起来看，主要包括三种形式或途径。一是家庭的教育熏陶。以长辈为榜样，一点一滴模仿着，从耳濡到目染，在认知层面悉数地继承先人衣钵，逐渐达到了神形兼备、一脉相承。二是学校的系统培养。以目标为导向，一枝一叶生长着，从零散到丰满，在知识层面系统地接纳导师教诲，逐步达到了融会贯通、一叶知秋。三是社会的影响感染。以朱墨为底色，一笔一画描绘着，从形色到轮廓，在价值层面任性地临摹近者的行为，逐日达到了层林尽染、一览无余。这些形式和途径，存在着一定的联系，影响着人的成长进步。

不难看出，对世界观、人生观、价值观的培育养成而言，学校赋予人生的更加系统、更加规范、更加全面。尽管不同的学校彰显着自身的独特性、优越性，但作为教书育人的平台，培养思想积极健康向上、个人家庭社会满意、知识系统完备人才的目标任务是一致的。为实现这一目标任务，每一所学校都按照对教育的理解认识，精心打造着自己的特色和品质，也为社会和家庭提供了更多选择的机会。同时，社会、家庭、个人依据发展的需要，以各种各样的形式积极参与学校的建设，且在其中相互影响、彼此促进、共同成长。

学校是社会的缩影。教育质量的优劣，不仅反映了社会的文明程度，也反映了社会的管理水平。推进教育体制改革，是社会改革的重要组成部分，既得到了党和国家的关心，也得到了业界人士的关注，更得到了人民群众的关切。教育改革是一项关乎百年树人的系统工程，无论如何改革，都不能把路走偏了、走虚了、走短了，更不能将教育完全推向市场，选择新自由主义的错误方向。否则，影响的不单是教育本身，更是改革发展稳定的大局，甚至是人民的素质、国家的昌盛、民族的复兴。

人生关口

对于现代社会的人来说，高考是一个决定人生的重要关口，是一个走向社会的关键阶梯。遥想当年，汉武帝效仿始皇帝大一统思想，吸取秦朝酷政速亡之教训，实行私授百家思想无虞、从政为官必遵儒学的政策，开创了开科取士的先河，被后世历朝历代所尊崇。中华人民共和国成立后，党和国家持续推进教育体制改革，古为今用、他为我用，破旧立新、推陈出新，高考制度逐步建立并完善，一批批青年才俊通过高考的遴选，成功经受住了人生关口的考验，在接受更高层次教育的过程中，逐渐成长为社会的栋梁之材。

客观地讲，作为中华优秀传统文化——今日国家实施的高考制度，与历朝历代的科举制度一样，是随着时代的发展而逐步发展完善的。换言之，国家人才培养选拔制度的建立、发展、完善，一定程度上折射了社会政治的现实状况，呈现了社会经济的发展境况，反映了社会文化的总体情况。可见，当社会处于政治开明、经济繁荣、文化发展、文明和谐的时代，国民教育体系建设才能更加科学、更加完善，百舸争流、万马奔腾、人才涌动的局面才能够呈现，山河巨变、层林尽染、时代发展的大好趋势才能够到来。

诚然，社会对高考的关注度依然如故。这些关注，既有对高考制度体系的理解阐释，也有对高考内容设置的认识看法，还有对高考水平发挥的感悟感受。无论如何，这些关注都有利于高考制度建设的改革、发展、完善。尽管选拔人才的途径越来越具有多样性，一考定终身的时代早已成为过去，况且，在人们普遍晚熟的社会，可以让学习陪伴终生，让读书成为一种生活方式，然而，好的开端是成功的一半。每个人都希望把握每一次机会，掌握人生发展的主动权也在情理之中。

事实上，每次高考都像一面装饰一新的镜子，映射出家庭、学校、社会阶段性学习教育的质量和成效，引发社会各界对教育体制机制改革的深度思考。在这面镜子面前，每一个家庭、每一个学生，势必会不断地修改调整自己的学习方向、考试目标、人生坐标；每一所学校、每一位教师，势必会不断地修改调整自己的教育思路、教学方法、教授内容；每一个阶层、每一个群体，势必会不断地修改调整自己的思想认识、主观判断、舆论观念。正是在不断的修改调整中，在高考制度越来越完善中，又迎来了新一次的高考时刻。

硕 士 梦

　　如今，千军万马过独木桥，已成为考研的真实写照。随着社会的发展，大学教育从精英教育向大众教育转变，就业压力从部分领域向全领域延伸，企业发展从知识竞争向科技竞争拓展，这些变化使考研成了千千万万学子的人生选择。在就业压力和人才需求双重驱动下，越来越多的青年人在高考结束后，不得不又走上艰难的考试之路。事实上，万帆竞发，风云千樯，虽然考研的道路越来越艰难，但仍是莘莘学子的成长之路。一个个有志青年，在社会发展的大势面前，以青年人独有的方式，演绎着更多精彩的人生，谱写着更多绚丽的华章，期盼为中华民族的伟大复兴贡献青春和热血。

　　作为一种社会现象，考研的现状反映了当今社会的综合状况。一方面，推进中国式现代化建设，推动经济社会的繁荣发展，需要方方面面的优秀人才。加强国民素质教育，全面提升教育的水平和质量，由素质教育向专业教育发展，培养更多高层次人才，是形势之需要、使命之需要、任务之需要。另一方面，随着科学技术的发展，就业的要求越来越多、就业的门槛越来越高、就业的竞争越来越大。加强专业学术教育，整体提高青年学子的能力和素质，培养更多适应时代发展的人才，是生存之趋势、成长之趋势、发展之趋势。

路漫漫其修远兮。考研之路，必然也是不平坦之路。近年来，报考研究生的人数逐年上升，录取数量则相对稳定，这无形中增加了难度，千军万马过独木桥的情形更加明显；"双非"院校涨幅大、师范院校受青睐、往届考生成为主力的境况，使考研竞争的白热化程度更加凸显；考研内容随着形势的变化也在悄然发生着变化，特别是时政部分的变化更大，考生不仅要掌握书本知识，还要了解社会常识，这让考试难度更加彰显。这场竞争不仅是一场智力的考试，也是一场能力的考试，更是一场精力的考试，集大成者才能"上岸"。

也有选择考研者，并非自愿，而是迫于家庭压力及就业困难的无奈之举。他们对待考研的态度，不得不令人担忧。这些担忧，不仅仅是他们能否成功"上岸"，成为研究生中的一员；更为重要的是，他们考研"上岸"后对待学习的态度，是积极主动投入学习与研究，真正实现从本科生向研究生身份的转变、从知识性向专业性结构的转变、从普通型向研究型能力素质的转变，还是仅仅把考研当作一个跳板、一个过程、一个形式，将直接影响考研的制度建设，乃至影响人才队伍的整体素质。因此，考研作为一个社会问题，应当受到更多的重视。

扣开社会之门

星河灿烂，又到一年毕业季。在繁花似锦的美好季节，莘莘学子豪情满怀、意气风发，走出象牙塔和自我世界，走向纷繁复杂、充满活力的现实社会，迎接人生的一场社会大考。对于学子来说，既需要表现出已经具备的修养素质，更需要展现出潜在的能力本领，以赢得更多人的认识和认可。对于家庭来说，既是对教育成效的综合检验，也是对家庭、家教、家风的全面检视。对于社会组织来说，既是一次发现人才、选拔人才、吸纳人才的机会，也是一个回馈社会、推动发展、促进和谐的途径。

学生是纯真可爱的。刚刚走出校门、步入社会的学生，有的像绿叶簇拥的青山楂，在逐梦成长、走向成熟、渴望成功的社会实践中，略显紧张、单薄、青涩，但在阳光的照耀下，会越来越成熟，必将成长为红果灿灿，装点大自然；有的像锋芒毕露的生板栗，抑或胆怯，抑或自卑，但在总苞的保护下，会不断成长，最终会收获饱满的

85

果实;有的像一袭青衣的涩核桃,但在平淡的外表下,会越来越神奇,似人脑一样梦幻,孕育着智慧的力量,充满着青春的活力,必定会有褪去浮华、真实展现的时刻。

对于就业而言,学历是敲门砖,能力是筑路石。随着人类社会的进步、科学技术的发展、国民素质的提高,就业门槛越来越高、难度越来越大,用人单位的需求逐渐向高学历、高智商、高能力发展。一方面,有些需求反映了人类社会发展的客观规律。选择优秀人才到重要的工作岗位,是国民素质整体提高的体现,有利于社会的发展、文明的进步。另一方面,有些要求一定程度上造成了人力资源浪费。如盲目追求高学历而不客观根据岗位特点用人,容易导致人才浪费。

在浩浩荡荡的就业队伍中,人员素质参差不齐。有刚走出校门的毕业生,有重新选择工作岗位的就业者,有背井离乡、追逐梦想的创业人。这些人不管来自何处、现在何地、去向何方,在全面建设社会主义现代化国家新征程上,将面临各种各样严峻的考验。这些考验,是就业者必须面对的,不单纯是对智商的考试,也是对情商的考核,更是对逆商的考察。事实证明,一个人的成功绝非偶然,它是智商、情商、逆商综合作用的结果。可以说,面对就业的压力和考验,既要注重智商的培育,也要注重情商的培养,更要注重逆商的培植,唯有如此,才可能成为一个推动社会发展的有用之才。

知行合一

一个人并非大学毕业就算完成学业了，也不是读了一个硕士甚至一个博士学位就成功了。读书是一辈子的事，做学问是终生的事业。对于人生来说，面对文明悠久的人类社会，面对文化繁荣的现实生活，面对文字演绎的学习工作，培养读书的兴趣爱好，多读书、读好书、善读书，不断丰富自己、完善自身、升华自我，既是人生成长进步的一种方式，也是提升能力素质的一条捷径。倘若能够将自己融入其中、学在其中、乐在其中，也许能给人生带来更丰硕的收获和更丰富的感受。

把读书当成一种生活态度、一种工作责任、一种精神追求。干事创业仅靠一时的激情和热情不够，必须在理论上、笔头上、口才上或其他专长上有"几把刷子"，这就需要依靠先进的理论和丰富的知识作支撑。在当今知识瞬息万变的时代，掌握先进的理论，获取丰富的知识，读书是一种不错的选择。只有不断自我施压、自给动力、自我提高，切实把读书当成一种生活方式，用获取的知识支撑我们努力探索、大胆实践、砥砺前行，才能跟上全面建设社会主义现代化国家的步伐，承担起历史使命赋予的责任，为社会的发展进步做出贡献。

试想，当我们学习遇到瓶颈时，可以通过读书学习获取先人求知的本领，找到解疑释惑的钥匙，让学习变得更加富有乐趣；当我们工作遇到困难时，可以通过读书学习了解他人的经验做法，找到通向成功的路径，让工作变得更加顺畅起来；当我们生活遇到挫折时，可以通过读书洞察古人面对生活的豁达态度，直面生活的困惑，让人生变得更加轻松活泼。读书，可以解决许多难题，也会获得许多意想不到的好处。读书，就像春天的早晨为人生打开了一扇窗户，让房间充满了朝气、充满了阳光、充满了希望，为拼搏奋斗凝聚了无穷的力量。

"心有征知。征知，则缘耳而知声可也，缘目而知形可也。……五官薄之而不知，心征之而无说，则人莫不然谓之不知。"倘若仅是五官接收到某些印象，而不能加以分类、辨认、赋予新意，归根结底，还是一种无知的表现。一如"抑能知其然，未知其所以然者也"。只有学而思之、思而行之、行而达之，做起而行之的行动者，不做坐而论道的清谈客，才能在读书中守住初心，在实践中继续前行，在工作中收获成功。读书既不是"装点门面"，也不能"两耳不闻窗外事"，而是源于对生活的向往、对理想的坚定、对信念的执着，是推动发展必须具备的能力素质。知行合一是我们的事业兴旺发达的基础和前提。

地位与责任

地位是指个体相对于他人在社会中所占有的位置，获得的荣誉和声望，体现了权、责、利的统一。其表现形式很多，重点可以概括为政治地位、经济地位和社会地位等。在社会体系中，无论是社会组织，还是群体、个体，拥有了某种地位，则意味着有了相对应的使命和责任，也意味着其角色有被社会期望的行动。换言之，如果一个人拥有了某一地位，自然就扮演了某一角色，进而应该为之行动、奉献甚至牺牲。假如，这个人是一个图书管理员，那么，社会对这个人的角色期望和行为要求，就是必须要把所分管的图书管理好。

对推动社会发展而言，地位的获得须凭借努力、拼搏、奋斗，这符合人类社会的特点和规律，也符合人们正常的心理和需求。在现实生活中，有的人确实具有先天优势，继承了先辈的各种资源，拥有了得天独厚的政治地位、经济地位、社会地位、学术地位等。然而，现实中更多的情况是，人们通过各种各样的方式，充分利用资源优势，努力改善环境、创造条件，逐步取得被社会普遍认可的成功，才能赢得相应的地位和更多的尊重。

优越的社会制度，能够让人民当家做主，让个人有公平竞争的机会和自由。中国特色社会主义制度，恰恰体现了这一优势。其意义在于，通过组织体系、制度体系、运行体系、评价体系和保障体系的构建，特别是教育体系的建设，让人们有机会公平借助社会资源，发挥自己的聪明才智，为社会发展贡献力量。与此同时，个人的拼搏、努力、奋斗，在推动社会实践活动中能够获得理解和支持。个人的地位、价值、能力得到尊重和认可，有助于社会和谐发展。

在现代社会生活中，一些人对地位的关注过多地集中到了权力方面，甚至将这些权力集中归结到了利己的一面，结果导致了心态的变化、权力的失衡，也埋下了腐败问题的隐患。也许，这正是人性丑陋的一面，也是需要社会进行规避和完善的地方。马克思主义权力观是具体的、历史的，也决定了中国特色社会主义体现了个体与集体的统一、权力与责任的统一。因此，始终做到身有所正、言有所归、行有所止，权力受到规范和约束，地位才会得到稳固和尊重。

让思想长上翅膀

幻想是人之天性，区别在于表现各有不同。文士的幻想，无论是现实主义，还是浪漫主义，都喜欢用丰富的语言抒发情感、表达心情、烘托氛围，让平静的水泛起波澜；画者的幻想，无论是工笔人物，还是水墨河山，都喜欢用高超的笔法描绘自然、勾画社会、渲染生活，让平淡无奇成为风景；凡人的幻想，无论是面对坦途，还是遇到逆境，都喜欢用超然的态度俯瞰社会、直面现实、奋斗人生，让平凡普通塑造英雄。可以说，幻想是人类生活的力量、生存的希望，支撑人们战胜困难、探索世界、追逐梦想，奔向心中理想的生活。正如挪威剧作家、思想家亨利克·易卜生的至理名言："夺走了普通人生活的幻想，也就等于夺去了他的幸福。"

在现实社会生活中，人们不仅需要物质财富的支持，更需要精神力量的支撑。而汇集人类精神财富的源泉，常常是善于想象、勇于梦想、敢于幻想。幻想就像思想生长了一双坚强有力的翅膀，以个人或社会的理想和愿望为动力，在人类脑海里，破除禁锢、放飞梦想、自由翱翔。对幻想这一词语而言，往往是被"美好的""甜蜜的""浪漫的"等文字修饰，表达了人们的无限期许和美好愿望，盼望着幻想的秧苗快快长大，早一点成熟起来，伴随充满无限希望的太阳，照进现实、温暖世界、滋养成长，把人们的生活滋润成心目中的模样。

人类追求真善美的过程，既要崇尚美好的幻想，也要直面严峻的现实。对待幻想的态度，反映了人们的思想境界，体现了人们的认知水平，揭示了人们的心理状况。一方面，沉湎、痴迷幻想，忽视生活的现实，势必影响生活的品质。幻想如现实生活中的调味品，适当添加能够让生活有滋有味，过度使用未必有益于生活。另一方面，质疑、排斥幻想，轻视幻想的作用，将会限制人类的视野和思想。幻想如化学实验中的催化剂，恰当使用能够让实验充分充足，过分添加就会改变实验的结果。

与所有矛盾一样，幻想与现实也是对立统一的。在人类社会的历史殿堂上，拥有两扇风格迥异的大门，一扇写着幻想，一扇写着现实。当幻想为人类打开通向未来之门时，现实可能也会打开一扇面对生活之门。在一开一关、一张一合、一虚一实中，社会得以发展进步、个体得以成熟成长。妥善处理好幻想与现实的关系，在开与合之间达到和谐、默契、顺畅，才能适应社会的需求，跟上社会前进的节奏，引领时代的发展。在这一过程中，每一个人都扮演着极其重要的角色，当个体幻想汇集成为社会的力量，才能成就改变未来的希望。

迷则为凡

进入新时代，人们的生活更加丰富多彩，各色各样的社会活动此起彼伏、异彩纷呈。可以说，人们追求美好生活的愿望异常强烈，有的甚至如痴如狂。在日常生活中，许多事情无关乎是与非、优与劣、高与低，倘若能够澄心凝思、一无滞着、全力以赴去努力，常常能够收到事半功倍的效果。然而，有些不合理的行为方式着实让人难以理解，除了哗众取宠，不仅难以达到预期效果、理想境界，反而容易引发一些现实问题，影响社会的稳定、家庭的和谐。究其原因，则是自我陶醉在一种状态，痴迷而不悟。

事物存在两面性。痴迷与执着意思相似、意境不同、意义迥然。对待事物的态度，是痴迷，还是执着，很大程度上决定了发展走向。问题关键之所在，不取决于目标愿望，而在于行为心态。事实上，坚定不移的信仰、始终如一的信念、一往直前的信心，须以科学的方略、正确的方法、合理的方式作保障。在现实生活中，无论是痴迷，还是执着，重要的是要善于把握一个度。这体现在三个方面：一是自己投入财力、物力、精力的程度；二是自我掌控事态、进退自如、理智行动的程度；三是自身融入、提升、达到的程度。

遗憾的是，痴迷者让人担心的，恰恰是痴迷本身。如果能像三论宗大师吉藏阐释的，跨过"有与无""非有非无"之俗谛，达到第三层境界，既不是"偏颇"，又不是"不偏颇"的真谛，清醒地认识自我，也就真正实现了涅槃，痴迷也是值得的。当然，无论痴迷到什么程度，实现所谓的"涅槃"都不易，需要自己切实体味感受，掌握其中要义。换言之，不沉湎其中，做到真正的大彻大悟，才容易达到追求的最高境界。然而，结果究竟如何，他人无从知晓，如人饮水，冷暖自知。

关注此类问题，并非是为了主张什么、提倡什么、反对什么，而是提醒人们凡事都要科学筹划、量力而行。只有始终保持头脑清醒，才能全面地了解社会的关切、期望和梦想，客观地认识、把握事物发展的特点、规律，把更多的财力、物力、精力，投入到更广阔的社会领域。或许，这样的生活，才能更加丰富多彩；这样的人生，才能更加绚丽多彩；这样的社会，才能更加缤纷多彩。一如林语堂所描述的："我们最重要的不是去计较真与伪，得与失，名与利，贵与贱，富与贫，而是如何好好地快乐度日，并从中发现生活的诗意。"

机遇和挑战

　　人生总是要面临许多选择，或主动，或被动，正是在这些选择与被选择中，认清了自己、塑造了自身、成就了自我。总体而言，选择传达的是自我的一种人生态度和价值取向，是对目标理想、事业规划和发展前景的个性谋划设计，其结果可能影响着人生的初始目标和发展方向；被选择传达的是他人的一种认可程度和接受意愿，是按组织期望、师长期许和亲朋期待的共性锻体塑形，其结局可能决定着人生的终极目标和发展结果。选择与被选择，是内在与外在的对立统一，与自身的天分、努力的成分、天赐的缘分休戚相关，也与社会需求密切相关，两者是紧密联系、相辅相成的。

　　选择常常是痛苦的，因为有所得也就有所失。面对选择，虽可两利相权择其重，两弊相衡择其轻，然而，二者择之其一，岂不是塞翁失马，又焉知祸与福。明智的选择，就是要谋定而后动。既然已拿定了主意，就必须毅然决然地做出自己的决断，切不可瞻前顾后、彷徨犹豫、拖泥带水。即便是遇有特殊情况，万不得已，中途需要改弦易辙，也应忍辱负重、当断则断，果断做出抉择。在这一点上，必须充分展现出自我的人生态度。同时，在为自己的选择做出了努力、付出了心血后，并不意味着结果一定能够实现，只能顺其自然了。

被选择往往是快乐的，因为能被选择更多的是一种幸运。面对被选择，要看到后发中孕育着先机、被动中蕴含着主动。一方面，只有具备了基本条件，符合被选择的原则要求，才可能有幸赢得机会。这足以说明，看似被动中接受选择，实则后发中孕育了先机。另一方面，被选择的只能是过程，结果还是取决于自我。特别是被选择者服从的态度、配合的力度、忠诚的程度。由此可见，被动中始终存在着主动，决策的主动权既牢牢掌握在自己手中，也必将影响被选择的结局。

事实上，无论是选择，还是被选择，只要能够参与其中，对于人生都是一种宝贵的精神财富。正是因为这些选择或被选择，为人生一次次打开了改变现状、重张发展、开创新局的大门，让阳光有机会透射进来，辉映出更加绚丽的人生。尽管有时有些光线纵横交错，也有诸多不确定因素，还需要精心捕捉定格。然而，勇于直面这些选择或被选择，敢于迎接人生的显影曝光，也是现实不可回避的一种选择。生活告诉我们，只有主动接纳、积极接受，才能绘制出更加色彩斑斓的人生版图，走好漫漫人生长路的每一步。

破　　防

　　人的感情是丰富的、复杂的、奇妙的，总是难以理解、难以想象、难以驾驭。有时，如脱缰野马，奔驰在辽阔草原；有时，如汩汩江水，缓流在绵长江河；有时，如春雨无声，温润在沃土肥田。然而，不管感情表现的形式如何，只要是真实的、自然的、发自内心的，就是亲切的、感人的、值得珍惜的。在真情实感面前，人都是脆弱的。无论是心如铁石、顶天立地的热血男儿，还是细致入微、文文弱弱的婀娜少女，当情感的波浪触动了心弦，难免会出现抑制不住的情景，畅快淋漓地表达此时此刻的心情，感情的堤坝瞬间破防了。

　　用军事术语渲染感情的程度，既恰如其分地表达了情绪，又有身临险境的直观感觉，让人生动形象地感受到感情的丰富和变化。在现代社会丰富多彩的世界里，一方面，人们的情感得不到及时的抒发和宣泄，郁闷甚至抑郁的情绪，伴随紧张的学习、工作、生活，让人变得麻木且缺乏情趣。另一方面，这些情感又处于极度脆弱的状态，一旦触动心灵，很难抑制住感情的澎湃，喜也好，悲也好，破防的事情自然就会发生。

如今，破防的事情屡屡发生，甚至成了一种社会现象。面对纷繁复杂的社会，人们表达真实感情的机会、途径和方式越来越少了，倘若能够拨云见日、寻得真情、触动心灵，心里的防线瞬间被突破，再自然也不过了。对于破防者而言，情感的洪水汇聚成长河，向着自己内心最柔软的地方冲击。一段段感情的堤坝被冲塌，一帧帧动情的画面被临摹，一个个真情的悲欢被演绎，破防是合奏乐曲中的最强音和重音符，与社会、与时代、与人性产生共鸣，凸显了时代的特色和社会的风尚。

从社会角度看，情感堤坝的破防之际，也是世界观、人生观、价值观的重构再筑之时。事实上，情感是人的某种生命源泉，当现实触及敏感区域，生活就会泛起波澜，波谲云诡、变幻莫测，像钱塘潮水一样，冲破堤坝和围栏，畅快淋漓地宣泄情绪，恰恰反映了真情实感。在现实生活中，也许是生活实际，也许是文艺作品，也许是离奇谎言，都可能成为破防的诱因，使人控制不住情绪而破防。甚至有时无论是什么，只要是社会共情的话题、时代共鸣的强音、人们共同的记忆，破防就可能成为一种结局，已无关乎其他的原因了。

自我的窘境

自卑通常是因为自身缺点、无能或低劣而产生消极心态的身体机能反应，属于一种正常的心理现象，多数人或多或少存在着，只是呈现的状态不同而已。事实上，对于每一个人的成长进步而言，自卑既是缺点不足，也是优点长处。概括起来，可以分为两个方面。一方面，适度自卑可转化为奋发向上的动力，促进人们逐渐增强超越现实的能力，是充满自信的体现；另一方面，过度自卑的人往往反其道而行之，以强势的姿态示人，用于掩饰内心的胆怯，但无论强硬或软弱，都是自卑的表现。自卑是把双刃剑，正确地对待能够增强信心，错误地处理容易让自我膨胀，甚至最终沦陷。

在现实生活中，克服自卑心理的方法有很多，大家可以进行大胆尝试或广泛运用。一是正视现实，清醒地认识差距和不足。过高或过低地看待自己，是造成自卑的原因。始终保持头脑清醒，时刻警示提醒自己，才能心平气和地应对一切。二是正确加压，主动提高能力和素质。自我加压、自给动力、内强素质、外树形象，始终保持积极进取、昂扬向上的精神状态，才能立于不败之地。三是正常应对，科学地进行实践和行动。什么样的态度，决定了什么样的结局。做到不卑不亢、落落大方，才能战胜自卑心理的困扰。

随着社会的发展，自卑从个性问题演变成一种社会问题。比如，一些城市谋求发展可以理解，但盲目攀比、一味争强，表现得不冷静、不成熟、不自信，也难免会带来消极影响。城市发展不是演兵场，每一次重大决策，每一项重大工程，每一个重大行动，往往关乎几十年、百年，甚至千年大计，不能轻易推倒重来。城市建设要考虑人民需求、城市定位、财力物力，倘若沽名钓誉，上一些短平快、争彩头的政绩工程，搞一些假大空、图虚名的样板项目，既有悖初衷，也伤了百姓的感情，何尝不是自卑的表现？

面对中华民族伟大复兴战略全局和世界百年未有之大变局，做到不畏浮云遮望眼，直挂云帆济沧海，必须始终保持清醒的头脑、良好的心态、昂扬的斗志，才能任凭风浪起、稳坐钓鱼船。这就要从自身做起，切实把工作做实，强化自身的能力素质，为树立敢打、必胜的信心奠定坚实基础。以中国式现代化全面推进中华民族伟大复兴，要求中国人民必须树立信心，相信每一个中国人也都具有这个信心。

苟　　着

　　一半是火焰，一半是海水。对于人生来说，生活既充满着梦想，又很现实残酷，既不因你的执着有所顾忌，也不因你的随性变得温顺，总是以其独有的方式，给予人们或意料之中、或意料之外的结果。生活中，有的人选择拼搏奋斗，无论是面对顺境，还是面对逆境，始终能够保持坚定的信念、旺盛的斗志、执着的追求；有的人选择"躺平"，无论是心向"佛系"，还是意愿随性，始终能够以自我为圆心思考和行动；有的人选择"苟着"的生活，无论是忍受痛苦，还是享受快乐，始终能够直面各种各样的境况，在苟且中坚持着。

　　"苟着"的本义是姑且活着，指的是虽拼搏努力，但又不顺心如意，想选择放弃，但又期待重生奇迹。事实上，苟着反映了人们的一种焦虑心态，是现实社会问题在人们身上的客观投射。主要表现在三个方面。一是生活造成的焦虑。苟着似乎是人到中年的一种常见特质，当上有老下有小，需要自己直面现实时，无措做出的选择。二是事业造成的焦虑。苟着的人往往是有才气、有想法、有目标的，当目标迷茫、奋斗无果、痛感怀才不遇时，无奈面对的局面。三是心理造成的焦虑。苟着的人常常处于一种自我加压的状态，当认为自己本可更加优秀、更加完美时，会有无法释然的情怀。

究其原因，可能是自我的拼搏奋斗与期望的收获存在差距。特别是环顾四周，发现身边的人有所成就，心理的反差会更大，不禁感慨生活似乎是在有意捉弄自己，又好像是老天与自己开了一个莫大的玩笑，让心中美好的愿景，变得更加遥远、更加模糊、更加不切实际了。也可能是公正公平的外部环境与理想中的状态存在差距。特别是面对冰火两重天的境遇，既心有不甘，又无力吐槽、辩解、反对，只能期待着有朝一日时来运转，且行且珍惜。与此同时，目标一点点在消失，心气一点点在消减，斗志一点点在消退，即使还坚持着，也只能是一种苟延残喘的状态。

成就一番事业，必须信念坚定、执着笃定、不计一时得失、不畏艰难困苦、不为外因悲喜，始终保持积极向上的心态。坦然面对机遇和挑战，咬定青山不放松，坚持下去、拼搏下去、奋斗下去，通过自己的执着努力，赢得成功的机会。同时，成就一番事业，需要社会环境保障，即营造尊重人才、爱护人才、培养人才的氛围，给予人才方方面面施展才华的机会和途径，给予人才成就事业的鼓励和支持，使其保持昂扬不息的斗志，为远大目标努力拼搏奋斗。

内　卷

一个网络词语——内卷，引起了社会的广泛关注，足见已戳到了人们内心脆弱的地方。实质上，内卷就是一种竞争，也可称之为努力的"通货膨胀"。换个角度来看，人类社会的生存发展，何尝不是内卷的外溢或者外卷的透视。其实，内卷、外卷的区别仅在于，参与竞争的范围、竞争的内容、竞争的压力。好比组织一次人才的竞争上岗，诸多人竞争有限的岗位，为此付出额外的努力、消耗更多的资源，则是一种内卷；如果同一个单位的人放眼整个行业乃至全国范围，争取更多的岗位和机会，则是一种外卷的体现。

内卷属于内部的竞争，甚至是"窝里斗"的一种形式，也就是人们无谓的内耗。这一过程中，人们为达到原本触手可及的目标，无形中又增加了人力、物力、财力的投入，即便明知是令人厌恶的无用功，但又不得不积极参与其中。外卷属于外部的竞争，或者说是更大范围的内部竞争，只是已无人再关注竞争是否有意义，以及参与竞争

者的现实感受了。无论是内卷，还是外卷，需要面对的
是，能否调适安于现状求稳怕变的心态，避免同温水煮青
蛙一样，失去了拼搏奋斗的勇气和能力，以至于在舒适的
环境中自生自灭、遗憾终生。

说到底，内卷反映了现实社会经常遇到的顾虑和担
忧。既顾虑这种窘境会让自己白白浪费努力，又担忧失去
了这种机会，会错失一切可能。一方面，随着社会的发展
进步、人民生活水平的改善提高，人们对现状有了一定的
满足感，当外界欲改变这种状况时，自然而然会产生抵触
心理。另一方面，一些人的心态存在问题，对内，想把工
作领域变成自己的"小圈子"，在内部进行无谓的折腾，
以便鼓动起内部的争斗；对外，一味地进行排斥，欲摆脱
来自社会层面的束缚，在内部竞争中获取物质或精神层面
的回报，结果导致了社会各界都不愿看到的结果。

然而，内卷也并非一无是处，它客观上营造了一种相互
竞争的氛围，让人们无论是主动还是被动，必须培植不甘沉
迷、拼搏奋斗的精神状态，必须培养务实进取、笃行致远的
良好作风，必须培育应该具备的理论素养、道德水平和能力
本领。在社会实践活动中，人们需要面对各种各样的情景，
特别是竞争的环境，只有心理和能力适配，才能适者生存。
面对现实社会，个人须保持一种良好的心态，且学会适度调
控、科学调整、合理调节。如此，就无惧所谓内卷引起的挑
战和波澜。拼搏奋斗的状态才是人生应有的状态。

立体人格

倘若一个人有个性、有特点，丝毫不加掩饰甚至锋芒毕露，在社会生活中常常很难被他人接纳。这种棱角分明、个性突出、不善调和的处世之道，虽然是人性的自然流露，但与人们的喜好是不尽一致的。这也许正是所谓的才子佳人命运多舛的原因之一。所谓为人处世之道，或许也是中庸哲学的源头。事实上，人们往往把棱角分明，喜欢表达思想、表现自己、表里如一的人，简单地评价为涉世未深，也反映了国人深受传统文化熏陶和浸染的现状。然而，若个体都没了特点，皆是一个模样，是细思极恐的，缤纷世界也将会黯然。

从自然界进化的层面看，个性化物种的存在，会带来更多改变自然界的机会。大千世界，正是因为自然界的纷繁复杂，世界才充满了绚丽的色彩。换言之，自然界需要个性化的物种，因为有了个性化物种，世界才变得丰富；同样，个性化的物种也需要自然界，因为世界的丰富为个性提供了展示自我的舞台。正是在这种相辅相成的关系中，彼此沿着各自的道路向前。反之，若打破了这种关系的平衡，世界的多彩也将不再。自然界如此，人类社会也应该如此，尽管对棱角和个性的接纳尚需坦诚相待、求同存异。

从社会发展的层面看，中华优秀传统文化的创造性转化和创新性发展，同样需要棱角分明、各具特色、丰富多彩来修饰和装点。对于社会来说，尊重个性不仅是一种思想认识的进步，也是一种理论观念的提升，更是一种觉悟境界的提高。哲学上讲，共性寓于个性之中，个性又受共性的制约，共性和个性在一定条件下相互转化。这就是说，在现实社会中，人们承认个性的价值，并不是以否定共性价值为代价的；同样，肯定共性与肯定个性也不矛盾。

或许，外圆内方的性格特点，才是国人喜闻乐见的。这种情况，既能使个体拥有圆润舒适的外在形象，让更多人敢于喜欢、乐于接纳和便于共处，避免许多尴尬的情况发生，也能使个体保持棱角分明的内在性格，让生活充满着情趣、洋溢着活力、孕育着生机，保持了社会更多的精彩纷呈。推进全面建设社会主义现代化国家，需要更多有棱有角的个性彰显。催生种种个性的彰显，需要海纳百川的社会环境，需要有容乃大的人格气度，需要和谐共生的体制机制。如同韩愈《南山诗》所描写的那样："晴明出棱角，缕脉碎分绣。"

岂能一躺了之

在时下流行的网络热词中，"躺平"可谓风靡一时、褒贬不一。"躺平"真实表达了现代社会背景下人的一种心态，直观描述了生活的一种状态，立体展示了思想的一种动态，具有强烈的时代特点和社会属性。在现实社会中，虽然无须都跟打了鸡血似的天天异常兴奋，在努力拼搏奋斗、艰苦干事创业的前提下，适时适当选择舒适安逸的生活也是无可厚非的，但是，对于个体来说，在人生充满活力、责任重于泰山、社会寄予厚望的时候选择"躺平"，未免有些遗憾和可惜；对于社会而言，在伟业需要奋斗、事业需要拼搏、创业需要铆劲的时刻选择"躺平"，难免有负时代和韶华。

"莫等闲、白了少年头，空悲切。"正是民族英雄岳飞振聋发聩的呐喊。古往今来，中华民族流传着许多励志的故事和奋斗的美谈。一个个故事，一段段美谈，既生动地刻画了金戈铁马、挥刀驰骋南北，气吞山河、执笔著作文章的英雄气概，也形象地描绘了大风起兮云飞扬、不破楼兰终不还的壮志豪迈，还深情地赞美了炎黄子孙的历史丰碑、华夏儿女的时代风采。同样，新时代伟大的社会实践，呼唤奋斗的精神，呼唤拼搏的力量，呼唤挺立的脊梁。奋进的新时代，昭示着热血沸腾的仁人志士将成为精神的倡导者和奋斗的践行者。

在现实生活中，人们"躺平"的原因、方式、结局各有不同。有的人凭借先天拥有的无须再拼搏奋斗的客观条件，选择享受舒适安逸，任性"躺平"；有的人缺乏适应社会发展的能力、动力、努力，在现实生活面前，畏首畏尾、犹豫不决、彷徨徘徊，放弃奋斗创业，选择得过且过，轻率"躺平"；有的人空有理想抱负和能力素质，也为之进行了拼搏奋斗，因种种原因暂时遭遇挫折，心理上承受不住打击，无奈"躺平"。这些所谓的"躺平"，既有主动选择为之的，也有被动无奈选择的。无论如何，"躺平"的做法显然是与时代的价值取向相悖的。

"幸福是奋斗出来的。"辩证地看，一个人的躺平，往往是以更多人的拼搏奋斗为代价的。面对世界百年未有之大变局、中华民族伟大复兴之大趋势，全面建设社会主义现代化国家，让人民过上幸福、美好、富裕的生活，更需要万众一心、众志成城、拼搏奋斗，为一个伟大的时代营造氛围、创造条件，让更多的人在奋斗中实现人生理想和自我价值。只有一个个光彩夺目的人生画面，才能汇成绚丽多彩的时代画卷。或许，社会的意义所在，恰恰因为它是自由和机会的校场，而不是"躺平"的温床。

内　观

　　现实社会生活中，人的综合素养是在修养完善中谋得提升、赢得提质、获得提高的。一种修养完善，若更多地注重内心、内部因素的影响，从内在的世界中审视自己、认识自我，修养完善自身，则称之为内观；一种修养完善，若更多地关注外界、外部的缘由，从外在的角度了解自己、把握自我，修养完善自身，可谓之外观。从根本上讲，无论是以内观的形式，还是以外观的形式，修养完善自身之目的，是让自己更加纯真、更加成熟、更加强大，抑或达到心无旁骛，抑或能够至善至美，抑或成就内圣外王，塑造更加完美的人生。

　　在日常生活中，人们更多地重视外观，对外界的评价或看法更加在意，往往以外在的认识为理念，修养完善自身，影响甚至左右自己的成长进步。结果反而容易使自己的个性泯灭，失去了纯真自然的自我。也许这样可以成为别人认同之人，但也难免会成为自我否定之人，于是"是我又非我"。此种结果，与其说是个体得到了成长进步，不如说是社会磨平了个性的棱角。然而，在人类社会的历史背景下，这些现实的情形，显然不能简单地以是与非、对与错、善与恶进行评价，而属于人类在生存发展进程中的一种社会现象。

内因是事物运动的源泉和动力，是事物发展的根本和主因。因此，凡是强调修身养性者，比较能够认同内观的地位和作用。内观之重要性在于，凸显了自我修养的内在因素，明确了以我为主的变革形式，提升了内心改变的价值所在。对于个人而言，以社会的需要为目标，以能力的提升为动力，积极主动地改变自己，尽善尽美地干好每一件事情，胜任社会、组织、家庭中的各个角色，何尝不是一种修炼。

道家养生之道，瑜伽禅修之法，以及一些修身养性者的观点，共同之处体现在能够重视内在因素的根本作用，进而掌握了事物的客观规律，抓住了问题的主要矛盾，有力地促进了自我的成长发展。在社会实践中，内观既可以对发展规律进行洞察，也可以对实践活动进行探索，但随着社会的高速发展，内观的作用越来越容易被人们忽视。因而，始终能够做到夕惕若厉、内观于心，通过内省与感悟，在自我磨砺、自我完善、自我提高中，跟上时代前进步伐，推动社会发展进步，才可能达到修养完善之目的，成为社会之栋梁。

以德为本

修行，是指修养德行，是对自身道德的磨砺和规范。"修行"一词，最早见于《庄子·大宗师》一文。"彼何人者邪，修行无有，而外其形骸。"讲述的是孔子的学生子贡，针对道家修行方式向老师提出的疑问，反映了儒家和道家修身养性观念方法的迥然不同。在中国古代文化体系中，哲学的流派很多，对于修养身心也众说纷纭。既有"内圣外王"之说，也有"道法自然"之说，还有"阴阳生克"之说，等等，但强调加强自身修养德行的认识却是殊途同归、基本一致的。人类社会是在继承基础上的发展、在弘扬基础上的进步。对每一个社会人来说，加强道德修养更具有社会意义和时代价值。

修行，要认识德之本源，明确在现代社会治理体系中，道德与法律常常一样，承担着极其重要的责任使命，发挥着约束人们思想及行为的重要作用，是需要终生一以贯之的。修行，就是在社会实践中，不断加强自身的道德修养，约束和磨砺自己的操守品行，让道德与法律一起，担当起神圣的使命任务，既成为贯穿社会结构、文化与互动三要素的精神脉络，也成为构建社会核心价值体系、构筑社会形态、构成社会基本价值理念的哲学思想，从思想道德层面，进一步奠定人们修身、齐家、治国、平天下的文化基础。

修行，要夯实德之基础，培育社会最起码、最简单、最基本的行为准则，维护现实社会的公正、公平、公道，维系生活环境的安定、和谐、向善，维持组织秩序的规范、协调、统一。公德是社会文明的结晶，也随社会在继承中传承、在弘扬中发展、在摒弃中变革。中国特色社会主义道德体系内涵丰富，既有爱祖国、爱民族、爱人民的人间大爱，也有爱劳动、爱科学、爱公物的基本道义，夯实德之基础，必须把社会公德的大旗扛起，将道德规范的秩序落实，让道德光芒放射映辉，让道德精神传承弘扬，让道德力量昭示彰显。

修行，要坚持德之根本，像习近平总书记指出的那样，把小事小节当一面镜子，在细枝末节中讲党性、讲原则、讲人格，不放纵、不越轨、不逾矩。品德，是人性道德之本源，是培育社会公德、职业道德、家庭美德、个人品德的基础和前提。它不是与生俱来的，需要经历家庭、学校、社会的培养，更需要自我的修养完善，最终才能逐步达到心中理想的境界。修行，必须将个体融入社会之中，修身立德、戒贪止欲、克己奉公，管好生活圈、交往圈，慎独、慎初、慎微、慎欲，培养和强化自我约束、自我控制的意识和能力，做到心不动于微利之诱，目不眩于五色之惑。

学会管理自己

世事变幻莫测，本来生活水平提高是一大喜事，可偏偏一不留神吃了个肚大腰圆，减肥的烦恼又涌上了心头。说白了，减肥是个苦差事，有时要像苦行僧似的，各种戒律太多，不到万不得已，还是不要减了。关键是减了又长，长了再减，周而复始，循环往复，总没有一个终结完了之时，让人怎能不生烦恼。事实上，与当下孩子们普遍近视一样，减肥不仅是一个生理问题，也成了一个心理问题，更成了一个社会问题，直接影响到个人、家庭、社会的成长、发展、进步。可谓，世间无难事，唯有减肥难！

对于减肥者而言，管住嘴、迈开腿是基本要求。其实，与其他事情一样，在减肥中真正起作用的还是意志品质和顽强毅力。减肥更像一场马拉松比赛，即使已经接近终点，也只是九十为半，不足为喜；即便已经成功减到了预期目标，防止反弹、保住已取得的成绩也非常不易。特别是保住已取得的成绩，更需咬牙坚持，比减肥本身更加困难。这里，考验的就是意志和毅力，而非简单的少吃一点、多运动一些。有人形象地说，要减掉身上的赘肉，首先要增强坚持的决心。

对于减肥者而言，只有科学谋划、统筹安排，才能真正实现自我的减肥目标。众所周知，困扰减肥的最大难题，就是花费不少气力好不容易减掉的，很快又恢复反弹了。甚至一点也不给你留面子，反弹还远远超过了原有的水平。究其根源，是小富即安的心理作怪，感觉减掉了一定的分量，生活中又开始无所顾忌了。在此，需要提醒减肥者，你已播下了肥胖的种子，今后，必须合理地安排作息、膳食和运动，科学健康地生活。

对于减肥者而言，能否合理地控制自己的体重，不仅关乎身心健康，还关乎生活、工作和事业、前途。从一定意义上讲，也关乎社会的发展进步。除了因病致肥的一些特殊情况，试想，倘若一个生活无规律、无节制、无良好习惯，连自己体重都把控不了的人，又如何去把握工作、生活和人生的方向。这一点，恰恰是需要高度重视却又容易被忽视的问题，对任何人特别是年轻一代来讲尤为重要。

如今，减肥不仅是一个需要个人特别关注的问题，更应该成为一个社会普遍关注的问题。对于减肥者而言，路很漫长、很艰辛、很重要，需要坚持不懈和持之以恒地走下去，不获全胜，决不收兵；对于社会而言，事很纠结、

很重要、很难办，需要高度重视和普遍关注，营造良好的
社会氛围，从精神上给予更多鼓励支持，让减肥者增强敢
打必胜的信心，始终做到有压力、有动力、有恒力，最终
达到目标。

社 恐 症

对于日益开放的社会来说，出现社恐症似乎是一种悖论。之所以如此，一方面，说明民众融入社会的真实程度并非想象中那么高。在社会实践活动中，面对现实多变的社交活动，有的人索性选择了回避或逃避，让一些社交活动流于形式，成为一种虚假的社会现象。另一方面，说明参与社交活动的真正价值远非理想中那么大。在融入社会的过程中，面对新颖多样的社交活动，有的人率性选择了网络或虚拟世界的交往，使一些虚拟的社交活动作用凸显，成为一种社会现象。正是这些主观的、客观的原因，让人们对社交活动产生了恐惧心理。

社恐是一种疾病，虽属于心理的范畴，却影响着人们的生活。特别是在现代社会中，无论职业岗位，还是年龄性别，人们通过参与社交活动，获取人力、财力、智力的支持，都是必要的。人们放弃了现实中的社交活动，自然会选择其他形式的社交活动来代替。然而，在参与网络或虚拟社交活动时，人们感受到了轻松快乐，更多的人被吸引进这种社交领域，且参与网络或虚拟社交活动越多，社恐症就愈加严重，以至于人们在不同的社交活动中，会呈现截然不同的状态。

从社会学角度看，人们恐惧参与现实的社交活动，喜欢参加网络或虚拟的社交活动，一定程度上反映了人在社会生活中的地位作用正在发生变化。这种变化，对于人类来说，是良性的发展结果，还是恶性的发展预兆，值得认真思考和研究。毫无疑问，当下最顺畅、最便捷、最有效的社会活动，仍然是现实中面对面的沟通交流。当人们习惯利用社交软件陈述事实、表达思想、沟通交流时，现实生活中的社交出现尴尬局面也就变得易于理解了。甚至还有一些人与家人、同事陷入面对面交流不畅的窘境，社恐症的危害日益显现。

综观人类社会历史，个人进步、事业发展、生产生活仍有许多需要解决的问题，社交活动依然是一种有效的方式。从表面上看，选择什么样的社交活动，属于个性化的问题，是社会发展过程中的自然现象，无须大惊小怪。从本质上看，在网络或虚拟社交现象的背后，是以人为本，还是以科技为本的问题。特别是随着科学技术的发展，智能化等给人们生活带来方便的同时，法律、道德越来越受到考验。人类如何坚守自己的底线，守好共同的精神家园等问题已经摆在眼前。解决这些问题，归根到底还需要依赖我们人类自身。

追剧的苦乐

现代社会中，人们在紧张繁重的工作之余，用追剧打发时间、享受快乐、放松自我，是一种常见的娱乐方式。许多文化影视公司正是抓住了观众的这种心理，在创作电视剧、网络剧时，倾心尽力、精心制作。无论是编写剧本、挑选演员，还是安排档期、组织播放，一切都围绕观众的喜好、兴趣进行，推出了许多观众喜闻乐见的优秀作品，既赢得了不错的经济效益，也收获了不少忠实观众。观众在享受快乐、放松自我的同时，也潜移默化地受到了教育。应该说，这个结果于国家、于人民、于企业是一个多赢的局面。

之所以有这样的结果，是因为追剧确实是一件能给人带来快乐的事情。如果说，乐就乐在剧中自有"黄金屋"、剧中自有"颜如玉"，当然是一个笑谈。在现实社会工作生活压力大、强度高、节奏快的情况下，追剧者追求的，无外乎是在跌宕起伏的剧情中，忘掉外在的一切，将自己融入其中，与剧中人物一起演绎人生。在观剧过程中融入剧情、忘却自我，在追剧过程中放空自己、放任想象，或许才是追剧一族的理想境界。因为，这也正是追剧能够获得的轻松和愉悦。

当然，追剧人倘若不够清醒理智，非要与剧中的角色同甘共苦、生死与共，必然也有痛苦的时刻，且这可能痛彻心扉。毫无疑问，苦就苦在错把剧情当现实、错把艺术当人生、错把追剧当生活。结果，旁观者成了剧中的主人公，用情过多，入戏太深，沉醉其中，使自己的情感与剧中人物的情感纠缠交织在一起，以至于怒其不争、哀其不幸、悲其不爱，将本来轻松快乐之事，生生套上了自我情绪的枷锁。诚然，痛也好，苦也罢，都是一种情感的宣泄，倘若每个追剧者都能明白此中道理，也就无枉追剧了。

追剧亦会遇到一些尴尬的情况。如不知何因何故，应该按时按点播放的钟情剧停播了，自己随之蔓延的情绪不得不戛然而止。如同一只在空中翩翩起舞的风筝，无缘无故在放飞者视野里消失了，曼妙的舞姿瞬间被天际的空旷所取代，心里变得空落落的。一个没有结局的结局，对于追剧者来说，喜也喜不得，悲也悲不得，生生地被吊在了半空中。然而，正如欣赏其他文艺作品一样，有些追剧者或许会有一些不同的理解和认识。换一个视角看，或许，正是追剧过程中可能遇到的种种变数，成为支撑追剧者的一种坚定信念。倘若提前知晓了故事的结局，追剧也就失去了内在动力，结果反而无趣了。

怀旧心理

怀旧是一种心理现象，表现为对过往的感念、感怀、感慨，有时能够勾起满腔的热情或填充内心的空白。一方面，能够留在记忆中的，往往是值得纪念的。怀旧是重复这样的记忆，希望铭记过往的故事或熟悉的人物，希冀唤醒曾经的不舍或难以抹去的时光，希求重现特殊的场景或奇妙的瞬间。另一方面，人达到一定境界或到达一定阶段时，是喜欢怀旧的。怀旧是对历史的回望，虽然许多事情是过眼云烟，已云淡风轻地随时光逝去，但总有一些社会活动的细枝末节，仍朦朦胧胧萦绕于脑海，值得从中觅得些许兴趣，引发深邃的思考和浪漫的遐想。

"结欢随过隙，怀旧益沾巾。"怀旧既是一种个体心理体验，也是一种集体心理现象。在现实社会中，不仅"人到高年，愈加怀旧"，即便是年轻人也常常会怀旧。怀旧是对传统的回归、对过往的总结、对历史的传承，而不是沉湎于过去的美好、陶醉于历史的荣誉，且与社会的发展、文化的变迁、个体的成长是紧密联系的。事实上，怀旧是人性之常态、人情之常理、人生之常事。

从社会层面看，怀旧通常是通过建设博物馆、纪念馆、遗址馆等形式，将集体心理机构化、制度化、形象化，引发人们对过往文明的怀念。应该说，这是营造心灵上的乌托邦，释放人们的生活压力，寄托人们的家国情怀，铭记历史的辉煌和沧桑。从个体层面看，怀旧通常是通过体验怀旧产品、了解怀旧文化、感悟怀旧生活等方式，将个体带入特定的环境，使人们认清自己从哪里来、现在哪里、向哪里去，明白现实生活中之所思、所愿、所需，疏解人们的心理障碍，使人们明确未来的方向和目标，以轻松愉悦的心情，投身于工作和生活。

怀旧并非一味沉湎于过往，而是适度地调适心理，从而以更好的精神状态投入现实生活。因此，必须始终保持头脑清醒，清楚回顾过往是为了更好地展望未来，在行为范式、工作模式、生活方式等方方面面，与时俱进、守正创新、锐意进取、不断开拓，让思想和行动跟上社会节奏，与时代同向、同步、同行。在具体的社会实践中，怀旧好像一本生动形象的教科书，可以让人学会从过往中反思当下，从经验中吸取教训，促使个体成长成熟起来，真正成为一名有担当、有情怀、有底蕴的社会实践者。

房子是用来住的

　　在社会生活中，住与衣、食、行等诸要素一样，直接影响着人们的生活质量，是与人民群众休戚相关的大事。之所以是大事，是因为作为居所的各类房子，是古代氏族公社向血缘家庭过渡的基本标志，是现代人民群众日常生活的基本需求。在人们世俗的衣、食、住、行观念中，房子的地位、作用虽然未能得到充分凸显，但如果没有房子，家也就不能被称为家了。对此，从古人创造"房"字的本义中可见一斑。随着人类社会的发展，房子的使用价值和社会价值日益突显，逐渐被赋予更多新的内涵和外延，甚至成为奢侈品的代名词，在一定程度上象征着社会地位的高低和个人财富的多少。

　　对于人类而言，房子与空气、阳光、水等物质别无二致，是维系生存的自然条件。若从绿色、环保、低碳角度来说，房子并非越高大越好、越复杂越好、越豪华越好。

从人类社会的现实状况来看，经济越发达的地区，人们追求房子"高大上"的欲望就越强烈。一方面，是人类喜好舒适、安逸、自由的自然属性所致。在物质丰富的情况下，向往更加美好的生活，是自然而然的事。另一方面，是人类追求名利、地位、财富的社会属性所致。在现实社会中，人们注重追求自我价值的实现，常常以外在的具体事物来体现。

衣、食、住、行关乎着人类社会的发展进步，关乎着人民群众的社会实践活动。正如马克思所说："一个人只有解决了衣食住行等物质方面的问题，才能去从事文学艺术、哲学研究等方面的精神活动。"事实上，在衣、食、住、行诸多生活要素之中，房子更具有基础性、特殊性和代表性。追求住房的质量，正是人民追求美好生活的现实体现，而解决好人民群众的住房问题，不仅有利于改善人民群众的生活质量，更有利于推动社会的发展进步。

"房子是用来住的、不是用来炒的。"一语点到了问题的实质、道出了百姓的心声。

世外桃源

"柳边深院。燕语明如翦。"对于久居城市水泥森林建筑的人们而言，随着经济条件的改善，在郊区努力打造一个具有生活、休闲、娱乐功能的传统居所，享受体验中国传统的庭院生活，是时下兴起的一种复古生活方式。人们喜欢将这些功能多样、形式各异、和谐安静的居所，称为"小院"。作为一种社会现象，小院蕴含着独特的文化内涵，反映了在现代社会，人们在体味过生活的快节奏、居住的城镇化后，期盼洗尽铅华、返璞归真、回归自然，期望在喧嚣的现代都市之外，寻觅一处可供身体和灵魂小憩的"世外桃源"。

小院的出现，反映了经济发展到一定阶段，人们追求物质文明的同时，更加注重精神层面的享受。小院现象的出现，折射了人类对文明发展的阶段性认识。从宏观层面而言，它揭示了人类活动的基本问题：为了什么、需要什么、追求什么；从个体层面来看，面对名利、地位、权力的诱惑，能够透视自己真实的向往，体会自身真切的感受，反思自我真正的初心，难能可贵。

喜欢小院的人，内心往往有着对文化的执着。毋庸置疑，精心设计的小院格局，无不体现着鲜明的特色和韵味；精准营造的小院环境，无不饱含着浓厚的情感和智慧；精致装点的小院生活，无不彰显着独特的风格和品位。置身其中，在有意无意之间，在轻松悠闲之中，在回归自然之时，小院散发出的诱人魅力，似香炉飘出的一缕缕青烟，暗夜潜入、沁人肺腑，让人们在天南海北的谈笑风生之中，心绪慢慢地、不知不觉地融入小院的氛围，疲惫和烦恼也随风而去了。

现实中，小院的可爱，已远远不能用语言来表达，可谓妙不可言。妙就妙在看似平淡无奇，实则韵味无穷，每一个细节，都会有出人意料的惊喜。小院的价值，也远远不限于居住，可谓高不可估。高就高在看似平常无异，实则举世无双，每一次身处其中，总会有意想不到的收获。也许，这正是植根于现代社会的小院，能够得以生长、生存的重要原因。

对于喜欢小院的人来说，小院无所谓大小、远近、奢俭，具有独特风格才是真谛。对于生活在小院里的人来说，小院内在的氛围才最重要。对于有缘聚在小院里的人来说，有着共同的价值取向、文化理念和生活愿景才最可贵。正如友谊这杯酒，之所以值得珍爱如初、终生品味，就在于它凝结着志同道合的醇香。

佳　邻

在现代城市生活中，邻居是一个既熟悉又陌生、既亲近又疏远的群体。除了家人、亲朋、同事，邻居之间是一种相距甚近、相遇甚多、相知甚少的特殊关系。这种特殊的关系，构成了既相互独立、相互排斥，又相互影响、相互依存的矛盾共同体。按照社会学对共同体概念的界定，同一单元、同一楼宇、同一小区的邻居，恰恰属于这个共同体范畴。正是邻居这一共同体所共有的道德信念、价值理念、生活观念，通过所属成员日常的生活点滴，维系着共同的生活空间，营造着彼此的生活环境，架构着全社会的和谐、稳定、安宁。

社会学研究认为，个人道德失范与社会道德失范是相互影响、彼此作用的，符合矛盾的普遍性与特殊性的辩证关系，破窗效应在此更具有现实意义。邻居之间的关系，虽然负面的影响力是不容忽视的，但更要相信正面导向的积极作用，相信道德榜样的光芒同样具有强大的感召力。

通过树立模范的佳邻形象，引导社会努力营造向上、向善、向好的氛围。所谓的佳邻，表现为价值取向趋同，生活习惯共融，道德观念相通。如一个大的宗室家族，虽有各自不同的生活小圈子，但由共同的信念来牵引，必然能够荣辱与共。

俗话说，佳邻是个宝，得之少烦恼。然而，佳邻又是可遇而不可求的。在现实生活中，虽然看似有选择邻居的空间，其实这空间非常小，甚至小到可以忽略不计。尤其是随着市场经济的发展，社会资本在房地产业影响极大，高昂的房价更让选择邻居成为一种被动的行为，有时根本没有选择的机会和可能，于是只能听天由命。从这个角度来看，构建邻居之间道德秩序的问题，仅仅依赖家庭这个原初的道德共同体还不够，必须依赖整个社会的道德体系建设。

著名社会学家费孝通认为，"家庭是一个同心圆波纹圈子的最里层"。也许，邻居就是这个同心圆波纹圈子的某一层。尽管这个圈子与个体不一定都能够叠加或重合，但总会有形无形地存在着，甚至影响或左右着彼此的生活。可以说，得一佳邻，其乐融融。如果有一佳邻，由邻居衍生出来的一些社会问题，在佳邻之间似乎就不是什么大问题了。同时，不能仅靠机缘巧合谋求邻居之间的和谐共生，而需要高度重视邻里良好关系的建设和培育。要做到这一点，需要每个人都付出努力。

故乡的牵挂

　　"独在异乡为异客，每逢佳节倍思亲。"对故乡的眷恋，是每一个漂泊的游子绕不过的心路。在人生的漫漫征途中，不管遇到的是绿灯、黄灯，还是红灯，当思念故乡的山、水、情，当谈起故乡的过去、现在、将来，当面对故乡的人、物、事时，一切都变得不重要了。正是心中的牵挂，成了支撑游子拼搏奋斗的精神动力。即便躯壳游荡在万里之遥，故乡也能让灵魂找到栖息安放之处。故乡如同父母一样，不仅抚育了子女，更留给游子无尽的思念。在游子心中，故乡生活的点点滴滴都是美好的，那么多情，那么甜蜜，永远牵动着游子的心。

　　父辈的形象最真、最善、最美。每每想起已在天国的父母，心中总会涌起遗憾。在岁月蹉跎的年代，父母靠诚恳待人、踏实肯干，赢得一片赖以生存的天地。几十年的军旅生涯，父亲在经历了解放战争的艰难困苦、抗美援朝的前赴后继、"文化大革命"时期的忍辱负重等诸多曲折坎坷后离职休养。20 世纪 50 年代,在县城棉花加工厂边工作、边补习文化课的母亲,为了平凡朴素的爱情,毅然辞掉令人羡慕的工作,远嫁到了山东胶县——中国人民解放军原 67 军高炮群驻防地,那也是我出生的地方。随后,我随着父母辗转齐鲁大地,在 20 世纪 70 年代,全家人最终落叶归根,回到了故乡——河北行唐县。

对于游子来说,不管生活在故乡的时间是长还是短,故乡都会在记忆里烙下一生无法磨灭的印记。那里,有许多朴素真切的记忆;那里,有许多懵懂真挚的情谊;那里,有许多生动真实的故事。然而,在一个阳光明媚的初冬,在一个希望满满的早晨,在一个依依难舍的时刻,告别家乡故土、告别父母亲情、告别学生时代,踏上绿色的征程。从此,漂泊异乡的日子开始了。离开故乡,也少了许多亲近父母、孝敬父母、感恩父母的机会。每次回到故乡,看到既熟悉又陌生的眼神,听到欲挽留又督促的话语,心中难免泛起阵阵酸涩。

如今,回归故乡似乎成了一种奢侈,这种奢侈不局限于物质,更多的是精神。然而,对故乡的思念,不是随着离乡日久越来越淡,而是越来越浓;对故乡的向往,不是随着年龄增长越来越弱,而是越来越强;对故乡的关注,不是随着故乡的变化越来越少,而是越来越多。故乡,因常常萦绕心头,不断成为生活的主题、日常的话题,需要越来越多的时间和精力去理解和思念，虽然父母早已远去。即便如此，也愿意挥霍宝贵的时光，让灵魂找到归属的地方，让心里充满留恋的东西。

医者在心

医者，从狭义上讲，专指医护人员；从广义上说，是对能够给予人们身体、心理、精神等关怀照顾人员的统称，也包括医疗体系之外的人士。医，本义包含两方面，指士兵盛弓弩矢的器具和为受伤士兵取箭的人，与战争都有关联。如今，常用于与救治有关的方面。者，是古人区别事物之词，也有强调的作用，还用作语气词、代词等。现在含义相对单一，主要延续了区别事物之义，指某类人。可见，医者是以舍小家、为大家的精神，践行着人民至上、生命至上的理念，体现了人间大爱、世间真情。

毋庸置疑，在民族文化的传承弘扬中，医者已经是救死扶伤的代名词，亦是舍己为人的白描像。或许，正是其关乎生命、伴随战争的缘故。试想，在争疆夺域的洪荒年代，面对原始未垦之战场、艰苦残烈之战斗、勇猛无畏之战士，医者只能将自己锻造成弱者和强者的集合体。作为弱者，在战场"积尸草木腥，血流川原丹"的恐怖中，不得不承受着崇山覆顶的恐惧，义无反顾坚守胜利；作为强者，在将士疮痍周身甚至马革裹尸的壮烈中，又不得不承受着生离死别的哀伤，毅然决然作出抉择。或许，这些才是医者的初心和本原。

"医者在心，心正药真。"这是古代对医德医风最具代表性的概括。医者，之所以受到人们普遍尊敬，既在于他们救死扶伤的医术，更在于他们悲天悯人的情怀。正如晋代杨泉所言："夫医者，非仁爱之士，不可托也；非聪明理达，不可任也；非廉洁淳良，不可信也。"身为当代的医者，要仁慈、仁爱、仁义，要聪明、透彻、豁达，要廉洁、淳朴、忠良，才能传承古人之精神。同时，教然后知困。医者唯有在实践中感受到缺憾和不足，才能更加勤奋努力，不断提高医术医德，为人民提供优质服务。

的确，睿智的医者能将衣钵精髓秉承弘扬，做到大爱无疆、小爱润雨，奠定了成为名家、大家的品质。事实上，有大爱，才能兴大举、干大事、成大家，心胸宽广，公而忘私，在民族危难之时，挺身而出，勇于承担，在成就事业中成就自我；有小爱，才能温润、细腻、笃定，把虚功做实，将力气用匀，让理想落地，在群众疾苦之时，真心关爱，倾心呵护，在奉献付出中提升自己。同样，大爱以小爱为基，小爱让大爱彰显。为此，需时刻铭记：大爱也好，小爱也罢，施爱者守终如始、接力续力，才能奋力前行、笃定致远。

简约不简单

在社会生活中，围绕着消费，总有一些不同的观念。有的人将奢华、名贵等同于高品质，追求时尚华丽的生活方式，青睐奢靡的物质享受；有的人认为简约、简朴才是理想的生活状态，崇尚传统质朴的生活方式，守护优秀的文化传统；有的人认为物质生活上可以低标准，精神生活上必须高规格，喜欢看似平淡无奇，实则精致典雅的生活方式，向往非凡脱俗的人生。这些不同的消费观念是价值取向的集中呈现，既反映了社会的物质生活基础，也折射了人们的精神文化需求，体现着时代的生活理念，影响着人们的社会实践活动。

消费观是价值观的重要组成部分，体现了个体面对生活的基本态度。消费观既是个性化的问题，也是社会化的问题，选择什么样的消费观，关乎个人、家庭的幸福美满，关乎社会的现在和未来，影响着人们世界观、人生观、价值观的塑造和形成。在倡导绿色低碳的时代背景下，简约的消费观念，简朴的生活习俗，始终是社会生活的主题，不仅需要社会各界的认识理解，更需要人民群众的实践探索。特别是随着物质条件得到根本改善，精神文明得到显著提高，现代化建设得到蓬勃发展，科学健康的消费观念更加需要推崇。

作为消费的主客体，消费者与被消费对象直接影响着消费观念的形成或转化。从主体角度而言，应从孩子抓起、从认识抓起、从小事抓起，培养人们健康合理的消费观念；从客体角度而言，应有意识地创造生产更多绿色低碳产品。以食品包装为例，恰当的包装既能保障食品安全，也能吸引消费者，然而，过度包装不仅会增加成本，导致价格过高，而且与低碳环保的理念相悖。

与消费观念一样，随着社会的进步、时代的发展，许多世俗观念也需要转变。事实上，这些社会观念转变的过程，也是社会变革发展的过程，更是人类文明变迁进步的过程。比如，简约不简单的生活方式，体现的不仅是一种消费观念，更是一种人生态度，不仅影响当下人们的生活方式，也关乎人类社会的发展模式。选择简约不简单的生活方式，需要全体社会成员从我做起、从身边做起、从日常生活的点滴做起。

生命维修站

　　但凡住过院或陪过床的人都清楚，住院是一件痛苦的事情，痛苦的不是接受治疗或陪伴治疗本身，而是在整个过程中，病人或陪伴者需要改变正常的生活规律，以至于会有诸多不适应。简单讲，住院就是把自己关进一个相对封闭的空间，力图挽救躯体上曾经犯下的错误。就形式而言，与其他封闭行为并无两样，包括饮食、着装、活动之类，只是需要治疗的错误性质不同而已。然而，根本之区别是精神层面的，身体不自由，精神却是自由的。同时，能够及时对身体进行监督校正也是十分难得的。

　　虽说是一件苦差事，人们仍争先恐后、前赴后继、乐此不疲。有的甚至托关系、走后门、排大队也想住进去，感受一下那里的生活和氛围。一方面，是身体问题亟待解决，你不得不想方设法轻装上阵，更好地学习、工作、生活，在治愈康复之后再创佳绩，为社会作出更大的贡献；另一方面，医疗资源作为一种社会资源，当下仍相对紧缺，特别是那些有名气、有名医的三甲医院，更是少之又少。

如果医护人员医术精湛、和蔼可亲、细致入微，病人的心情会轻松舒畅，进而积极主动配合治疗，医治的效果也会更好。还有一个现象值得思考和研究，与其他社会稀有资源有很大的不同，往往资源越是充足的医院，医护人员的专业技术就越精、服务态度就越好、业务能力就越强，尤其是对病情的诊断常常能够准确无误，让处于紧张状态的患者，瞬间将身心放松下来。或许，这也是诸多患者信赖的重要原因之一。

诚然，救死扶伤、治病救人是国家推崇倡导的目标，也是医护人员崇尚追求的境界。倘若社会各行各业，都能像优秀的医护人员一样，把职业道德放在首位，立足本职、勤勉踏实、精益求精做好一人一治的工作，社会机器的运转自然能够健康有序，社会治理能力和治理水平必然能够得到提高，现代、高效、普惠的发展目标定然能够早日实现。当然，倘若能够多倾听患者的声音，妥善处理好医患关系，医者与患者之间会更加和谐、友善、舒适，"生命维修站"的作用才能得到最大限度的利用和发挥，住院也就成了一件痛并快乐的事情。

美是一种心态

　　世人对美的认识存在着差异。不同的人，对美的理解甚至可能大相径庭、截然相反。有的人喜欢田园山水的自然风光，这样一种生活情形，让人感受到扑面而来的纯朴气息；有的人喜欢都市风情的人文景色，这样一种生活现实，让人感觉到跳跃的时代节奏。美是主体审美观照时情感、直觉、意念的投射和反映。或许，美的意义所在，不因你的心态而改变，又因你的心态而改变。

　　美不自美，因人而彰。恰恰说明美是在个体对事物的领悟、感知基础之上呈现的，且存在着个体的差异。倘若没有个体的领悟和感知，也就没了美的存在和世界。上升到价值层面看，对美的认识是世界观、人生观、价值观的重要组成，具有鲜明的个性特点，与生活经历、文化修养、价值理念休戚相关。事实上，对美的认识没有绝对统一的标准，只是个体对生活的感觉、感受、感悟，说到底，是个体的社会心理活动。换言之，个体对事物认知的心理活动，形成了社会对美认识的差异和共性，由此，生活的美才变得丰富多彩和真实可爱。

虽然没有统一的审美标准，但大体相似的审美理念依然存在，这种存在基于相同的价值观念，且构成了社会的核心价值体系，也影响着人们的价值取向和生活追求。从现实上看，人类社会有相似的审美理念，特别对自然赋予的美的认识，有着惊人的一致性，且存在于不同国家、不同民族、不同宗教之间，成为人类社会普遍认同的审美标准，有助于推动人类命运共同体的形成。同时，在国家之间、民族之间、宗教之间、个体之间也存在差异的审美理念，构成了审美的不同标准，让世界变得多姿多彩。

培育积极健康的心态，是提高人类审美素养的基本途径，也是满足人们对幸福美好生活的向往的根本保障。尽管心态的培育是一项长期的、艰苦的、综合的系统性工程，需要社会、集体和个人花费巨大的气力、付出艰辛的努力，甚至毕生的时间和精力，但积极健康的心态依然是人类社会不懈追求的目标。因为，这既是构建幸福美好生活的具体体现，也是建设精神家园的必然选择。在这一过程中，难免会有不同的思想观念影响和干扰，难免会有各种心态的变化和转化，难免会有各样的矛盾和问题，唯有目标坚定、心若磐石，才能始终稳步向前。

自 媒 体

当下，自媒体时代已经来临，自媒体呈现出前所未有的发展态势和日益增长的影响力。一方面，人们对信息的渴望越来越强烈，"躲进小楼成一统，管他春夏与秋冬"的历史一去不复返了，人们可以随时随地获得关注的、不关注的，有用的、没用的信息，甚至无论身处何方，都能耳闻天下事，洞悉世间人生百态；另一方面，人们对信息的辨识越来越困难了，面对海量的信息，独立思考、辨别是非的难度越来越大了。人们可以高效便捷地得到正确的、错误的，正面的、负面的信息，一些人也盲目跟风，在不知所云中失去了自我。

现实生活中，一些自媒体人通过各种发声，获得了一定的影响力，其一言一行影响着拥趸的思想，甚至生活方式。因此，作为自媒体人，首先应该清楚媒体已成为影响现代社会人们思想观念、价值取向、生活方式的重要工具，自身肩负的责任不容忽视。

事实上，自律的个体，是现代社会有序运行的基础和保障。在富强、民主、文明、和谐的美丽国度，更需要每个人在思想上完善自己、在言论上约束自我、在行为上规范自身。如果能够有幸成为一个具有影响力的人，这些自律行为更应该时刻保持和持续加强。特别是在网络信息传输快、易扩大化且不易辨别的自媒体面前，媒体人有时也难以驾驭媒体自身。若放任其放飞自我，一旦出现失控的状况，自然会伤及无辜，产生事与愿违的结果甚至一发不可收拾的局面。所以，学会自律十分必要。

在社会实践活动中，作为社会的一员，必须肩负起社会成员应有的责任和担当。特别是随着个体在现代社会中的地位作用得到显著提升，不管是什么人、从事何种职业，在社会活动中都逐渐成为主角，且每个人的社会角色不仅影响着家庭和个人的形象，还影响着社会和组织的发展。作为具有影响力的自媒体，在现代社会生活中扮演的角色更为重要、责任更为重大。换言之，自媒体不是自己的媒体，而是面向大众的，依然具有媒体的基本属性和媒体人应有的责任担当。

缺 憾 美

闲暇时与画家朋友一起聊天，想探究一下最能概括绘画特点的词语是什么，答案或形象或具体，却又总感到不尽完美。诚然，对一个事物用简单的词语予以描述、归纳、概括，力有不逮十分正常，更何况是一门能够体现人类智慧、表达主观意识、描摹客观世界的艺术，无论如何描述、表达都不为过，无论如何描述、表达都总会有缺憾。可见，缺憾也不失为一种正常的生活状态。

不难发现，其实缺憾也是生活中的一种美。现实生活中的缺憾之美俯拾皆是、数不胜数，有的甚至脍炙人口、流芳百世、颇负盛名。《米洛斯的维纳斯》看似不够完美的断臂，却更给人以美的遐想空间。《巴黎圣母院》中的卡西莫多，虽然外表丑陋，但早已是心灵美的典范。宋画之局限，恰是在困顿中浪漫、在缺憾中赞美，充分展现了细微之韵味。事实上，艺术家在一笔一画精心创作自己的作品时，何尝没有缺憾。然而，当他想弥补缺憾，重新创作同样主题的作品时，难免是弥补了过去的缺憾，又留下了新的遗憾。

生活本身就是缺憾的，因此绘画这类源自生活又超越生活的美学，存在缺憾也完全符合正常逻辑。从广义上讲，美是一个抽象概念，而判断一个事物美不美或美的程度，很难一言以蔽之。人们对美的追求是无止境的，且随着经历、视野、心态的变化而变化。同时，人们对美的认识又是千姿百态、因人而异的，甚至具有很强的独特性、差异性，以至于让别人难以揣摩、理解和认同。美属于意识范畴，也有规律可循。趋同的心理是，符合时代的、大众的、自然的生活习俗、价值取向和道德规范，才可能称得上是美的事物。

可以肯定的是，美还具有很强的时代性、民族性、地域性。尚未被当代认可、接纳，却被后世广为赞誉的情况并不罕见；过去曾被推崇之美，后来贻笑大方的也为数不少；民族间、地域间存有一些差异更不足为奇了。这一切，其实都可谓生活的缺憾。这是因为，受社会形态、文化环境、民俗民风等方面影响，人们对美的理解认识本身就存在着缺憾。加之人们对美的认知是一个变化的过程，随着时代变迁、社会变革、思想变化，对美的理解和诠释自然也会存在一些差异。从这个层面看，缺憾本身就是美的一部分。因而，能否概括绘画的特点并不重要，重要的是尝试了，就不觉得有缺憾了。同样，艺术创作也如此，人们的现实生活亦然。

古老的传说

　　"爆竹声中一岁除，春风送暖入屠苏。"这一千古名句，既生动形象地描述了中华民族传统节日——"春节"的风俗，也从一个侧面揭示了社会风俗与百姓生活的关系。不难看出，民俗流传之际，也是文明承续、文化赓续、文脉延续之时。事实上，民族文化之传承，源于生活、成于文化。从本质上讲，民俗蕴含着民族的血脉，是民族文化的瑰宝，是民族精神的遗产。换言之，民俗是民族文化在人民群众现实生活中的具化、细化、实化，是民族积久而成的风尚、习俗、民情，具有浓郁的民族特质、时代特色、地域特点。

　　作为"四大文明"之一的中华文明，之所以成为唯一延续传承的古老文明，关键在于中华民族的文化根脉始终得以传承和延续。尽管几千年来历经沧桑，但华夏儿女始终自强不息、自强自立，在与天斗、与地斗、与人斗的过程中，以顽强的斗争精神，强化了民族文化的精神基因，增强了民族文化的自强自信，捍卫了民族文化的独立自主，炎黄子孙的精神衣钵得以流传，人民群众的生活习俗得以保护，中华民族的文明血脉得以延续。虽然在不同的时代背景下发生着变化，但华夏儿女创造的文化精髓始终得以传承。

民俗是民族文化的生活写照，是民族血脉的生活渊源，是民族屹立的生活根基。也许，正是在世俗生活中有意无意形成且流传的东西，在一定程度上影响了社会的发展和民族的繁衍，铸就了民族精神中的宝贵基因，成就了民族文化中的基本要素。许多被认为微不足道的东西，恰恰是民族文化的结晶。或许，只有把这些看似不起眼的、传统的东西呵护好、传承好、发展好，才能奠定民族延续发展的基础。回顾历史，民俗已深深植根于民族。中华民族在尊崇、培植、赓续民风民俗中逐渐成长发展，乃至得以保持至今。

当代民俗学家冯骥才先生曾说："民俗是一个地域及民族共同认同、代代相传的文化方式。从远古流传至今，中华民族逐步形成了一整套规模庞大、意蕴深切、形式灿烂密集且完整的风俗。"几千年来，正是这些绵延流长的宝贵财富，历经重重磨难和种种考验，以人民群众日常的生产生活方式，传承着中华民族的文明血脉。春节等民俗，不仅在精神上滋养着中华民族生长，更在情感上涵养着中华民族发展，也必将在文化上培养中华民族自信、自强、自立，鼓舞人民在全面建设社会主义现代化国家道路上，迈出坚定有力的步伐。

饺子印象

提起饺子，总有说不完、道不尽的故事。从"馄饨""角儿""扁食"的名称演变，到"略同汤饼赛新年，荠菜中含著齿鲜"的美好赞誉，到饺子文化的传承发展，无不浸透着人民群众生活的点点滴滴。按照北方人的生活习惯，立秋、立冬、春节等节气都能与饺子扯上关系。以"大雪"为例，不难想象，在天寒地冻、冰天雪地之际，家人高高兴兴、团团圆圆、热热闹闹聚在一起，吃上一顿寓意着喜庆、团圆、吉祥的饺子，心中自然会增添几分暖意，更会深深地感受到来自亲人的温情和爱意。毫不夸张地说，饱含浓浓情谊的吃饺子的习俗已融入国人血脉。

众所周知，饺子的制作过程本不复杂，原料营养丰富、样式繁多，符合中国人"色香味"俱全的饮食习俗，契合团团圆圆的情感诉求，深受国人的广泛欢迎，成为一种老少皆宜、雅俗共享、经久不衰的佳肴。饺子之所以被广为接纳，除去自然环境、生活水准、饮食习惯，一方面，将多种富有特色的原料，集中包进小小的面皮，契合了炎黄子孙崇尚内敛、豁达、包容的精神品格；另一方面，相互支持、密切配合、和顺圆满的制作过程，反映了华夏儿女追求和谐、和睦、和美的家国情怀。

谁曾想到，小饺子中有着大乾坤，可以装进喜庆欢乐，可以容纳离别哀愁，可以汇集人生百态。当你告别故乡、告别亲人、告别过往，准备远行开创一片崭新的天地，家人包上一顿美味可口的饺子，以表离别思念之情时，你咀嚼的是亲情和乡愁，品尝的是叮嘱和牵挂，感受的是鼓励和祝福。尽管有时泪水浸润了脸颊，但信念却让你更加坚定、更加坚强。也许，无论走到哪里，心中始终会默默地感慨，有了家人的全力支持，世上已没有什么能够阻挡自己前进的步伐。

如今，随着社会的发展、人民生活水平的提高，吃饺子的习俗也在发生着变化。饺子在大江南北都流行了起来，连饺子的品种、味道、样式也变得丰富多样、千奇百怪。吃饺子变得寻常了，但因彼此工作忙忙碌碌，甚至四处奔波、天各一方，与父母相见、一家人团聚在一起却变得不寻常了。然而，每当吃饺子时，还总是自觉不自觉地郑重起来，会情不自禁地想很多很多，即使有些记忆变得模糊了。说小点儿，或许这就是对故乡的眷恋、对亲朋的思念之情；说大点儿，某种程度上，这是维系民族昌盛的精神之魂、文化之根。

灵魂的节日

　　世界之大、无奇不有。东西方文化既有差别，也有相似之处。在中国传统的节日中，阴历七月十五"中元节"俗称"鬼节"。它产生于上古年代，是祖先崇拜及有关祭祀的活动。这一天，人们以焚纸锭、放河灯、祀亡魂等形式祭祀祖先和天地。在西方，阳历十月三十一日晚是"万圣夜"，它是由祭祀死去亲人的鬼魂演变而来，后与"万圣节"合二为一，是天主教和东正教的节日之一，是西方的"鬼节"。

　　东方文化崇尚的是敬祖尽孝。中华民族祖先信仰天、地、人三者合一，正是崇拜上天、崇拜自然、崇拜祖先的具体体现。这一切，不仅诸多祭祀祖先的节日有所体现，不胜枚举的民族习俗、民俗民风、生活习惯，也以各种各样的形式表达着对祖先的崇敬。在中国古代文化中，神仙往往是人修炼而成的，崇尚祖先一定程度上就是对神仙的膜拜。每个人只要行善积德，仿效先人的言行，加强自身修养，都可以修成呼风唤雨的神仙。同时，中华文明具有强大的包容性，与不同的信仰能够和谐共生，求同存异、接纳不同、和而不同。

西方文化崇拜的是宗教神灵，体现为基督教信仰上帝耶和华，伊斯兰教信仰真主安拉，佛教信仰释迦牟尼佛。在西方文化中，神无所不能，而英雄是无所不能的神的后代。因此，西方文化是崇拜神灵的，在神灵的面前，人人都是卑微和渺小的。只要相信上帝的存在，心存善念、好施善事，最终都能获得好运和善报。其目的是让信徒保持向上、向善、向好的人性。然而，西方文化具有强烈的排他性，要么信我的神，要么是异教徒。这种文化信仰的排他性，实质是缺少博大的胸怀和谦和的包容。

综观古今中外，人类社会中的"鬼节"现象，是源于社会实践又高于社会实践的产物，是民族文化在现实生活中的折射和反映，是信仰崇拜在人类社会中的化身和表现。更为重要的是，这些文化现象和信仰崇拜，影响的不仅仅是民族的风俗、习俗，还会影响到生活深层次的方方面面，甚至影响到国家、社会、民族的宗教制度、体制机制、发展道路。因而，积极推动人类命运共同体建设，建立交流沟通的桥梁，加强东西方之间、国家之间、民族之间的文化交流，倡导东西方文明的交流互鉴，弘扬人类共同价值，有利于共建共享治理的先进理念，有助于推进人类社会的发展和进步。

养宠生活

　　如今，无论是在城市，还是在农村，无论是晨练晚练，还是节假日休闲，无论是楼道、电梯间，还是街心花园、小区步道，常常看到一些人与其豢养的宠物亲密相依、和谐相处、嬉娱相欢的场景。这些宠物着实令人怜爱：有的风姿绰约、楚楚动人，有的憨态可掬、朴实喜人，有的聪明伶俐、乖巧诱人，有的威武雄壮、盛气凌人。不管何种形态，总能让人感受到一种亲近感，忍不住多看几眼，甚至与之逗耍一番。这些景象，正是人民生活水平提高，各种各样的宠物悄然走进普通百姓家，成为人们的一种心灵陪伴和精神慰藉的真实写照。

　　追根溯源，豢养宠物的历史十分悠久。古之养鹤、养鹅、养狗的达官贵人不胜枚举，养狼、养虎、养象的皇室王族不乏其人。"曾闻古训戒禽荒，一鹤谁知便丧邦。荥泽当时遍磷火，可能骑鹤返仙乡？"正是对卫懿公养鹤的描述，也是"玩物丧志"一词的出处。当今豢养宠物极为流行，人们参与的程度更是前所未有，许多人为此执着痴迷；豢养宠物的类别愈加多样，品种也愈加丰富，既有驰名中外的名犬名猫，也有标新立异的小众异宠，真可谓五花八门、丰富多彩。

随着豢养宠物的人越来越多，一些原本个别的问题，也逐渐发展为社会问题。比如，宠物随地排泄的粪便，不仅污染周边环境，还容易引发各种纠纷；放任宠物吠叫的问题，不仅产生杂声噪音，还容易影响邻里和睦；宠物品种类别的盲目攀比，不仅造成追风效仿，还容易诱导不良之社会风气。与其他社会问题的历史演变一样，一些看似具体细小甚至微不足道的问题，在逐步普遍之后，迅速被成倍地放大，确实需要社会各界及时予以关注，针对性做好各种防范和有力保障，搭建起防患于未然的篱笆。

随着人们生活水平的普遍提高，豢养宠物作为高品质生活水准的具体体现，不应该仅仅体现在宠物的品种、价格、名气上，而应该体现于豢养宠物的方方面面。对于豢养宠物者、民众和社会管理者来说，适应这种形势的变化，必须努力使认识、视野和思路跟上时代发展的步伐，必须从自我做起做好，让品质的生活文明起来，让文明的生活高雅起来，让高雅的生活普及起来。到那时，当我们看到宠物时，眼里充满的不仅仅是一种对小动物的爱怜，还有对主人素养的钦佩，以及对美好生活的由衷赞叹和无限向往。

诉　　求

许多社会现实问题，与人们的诉求是直接相关的。随着社会发展，人们维护自身权益的意识越来越强，涉及的方面越来越多，面对各种各样的诉求，往往能够站在客观的角度，从关注个性到考量共性，这体现了社会民主的发展，以及人民群众综合素质的提升。同时，人们表达自我意愿的机会越来越多、成本越来越低、途径越来越广，面对个性或局部的诉求，常常能够站在宏观的角度，从关注一般到深层考量，体现了社会制度的优势，以及人民群众社会意识的提升。因此，妥善处理人民的诉求，有利于促进改革发展稳定之大局。

在现代语境中，诉求通常是一种陈诉和请求，常常表达的是下层对上层、弱势对强势、个人对集体的恳求，且希望得到接受、理解和认同。合理的诉求，通过社会机制，是能够得到回应和解决的，这也是社会制度的基本体现。倘若因种种因素，合理的诉求未能被满足，难免会引发社会问题。这应该是社会问题形成的主因，属于正常的社会运行状态。只要对此重视并及时妥善解决，社会问题就能减少。然而，过分的奢求，也是造成社会问题的诱因。对不合理的诉求，倘若一味迁就照顾，终将适得其反，引发更多的问题。

社会问题就像一座金字塔，基础性的问题是塔基，涉及许多人的根本利益，很难轻易地解决好；倾向性的问题是塔顶，涉及的范围可能有限，但危害的程度不容忽视。它们彼此联系且相互影响。解决好塔基的基础性问题，影响着其他问题的解决，解决好塔顶的倾向性问题，也能减轻基础性问题的压力。同样，社会问题越积越多，危害程度就越来越大，解决难度就越来越高，甚至影响更多问题的解决。如何直面人们的诉求，不仅反映了社会治理的能力，也反映了对待社会问题的态度，更反映了以人民为中心理念的落实。

诉求是一种社会变量，因时、因事、因域也会发生变化。社会改革的根本目的，就是通过行之有效的举措，从体制上回应人们的合理诉求，解决一些基础性问题，让人民更加享受生活的幸福美好。与此同时，社会变革也在谋求攻坚克难，从机制上找寻一些方法，解决一些倾向性问题，让公众更加认同社会的公平公正。

满 江 红

　　以将士集体复诵岳飞《满江红·写怀》的形式，巧妙地设计了剧情发展，精准地拿捏了人们的心理，将观众引入影片演绎的故事情节之中，既渲染了影片宏大的历史主题，表现了民族的家国情怀，让观众在悲喜交加的氛围中思想受到感染，也紧扣了影片具体的现实主题，表达了民众的爱恨情仇，让观众在错综复杂的情绪中境界得到提升。也许，这正是张艺谋执导的影片《满江红》追求的艺术效果和精神价值，也是构建中国话语体系和中国叙事体系，讲好中国故事、传播好中国声音，展现可信、可爱、可敬中国形象的积极探索和有力实践。

　　事实上，在春节档期的诸多影片中，类似的叙事方式并非个案；在日常生活的众多影视作品中，类似的叙事方式也非个案；在民族文化的频繁交流中，类似的叙事方式亦非个案。这些叙事方式，承载着中华文化的烙印，展现了中华文明的力量，具有强大的生命力和感染力。《满江红》呈现出的爱国精神，使观众产生了强烈共鸣，激发了国人赤胆忠心、以身报国的情怀。《流浪地球2》体现出的人类命运共同体思想，反映了中华民族与世界和谐共生、荣辱与共的价值理念。《中国乒乓》表现出的拼搏精神，转化为人们在逆境中奋进、团结奋斗的强大力量。

文化的传播交流既是一门技术，也是一门艺术，更是一门科学。实现高水平的文化传播交流，需要在认识上不断提高、在实践上不断探索、在理论上不断总结。影片《满江红》通过线性叙事，用通俗易懂、娓娓道来的方式阐释了主题、表达了思想、讲明了道理，更容易使文化回归到其自然属性的一面，让传播交流变得顺畅起来。试想，如果世界拥有了共同关心的话题，社会搭建了相互交流的平台，人类找到了彼此沟通的方式，民族文化自然会更加自信，世界文化自然会更加丰富，人类文明自然会更加璀璨。

文化的传播交流，总是随着时代的发展而变化，体现了事物发展变与不变的辩证关系。在这一辩证关系中，永恒不变的是主题，各民族文化独具特色的精髓内涵，汇聚成了世界文化的精彩纷呈；始终在变的是形式，千姿百态的形式是为内容服务的，让人类命运共同体思想得到世界的认同。在这些变与不变之中，文化的意义得到了彰显。

万能钥匙

当下，限制购买、限制行驶、限制使用似乎成了一些城市治理社会问题的普遍举措。社会治理是一门学问，治理者必须始终走在时代发展的前列，以全新的思维去学习、去认识、去对待。抛开懒政之争，从保护权益、促进发展、提高城市现代化治理能力和水平的角度看，当下一些城市的治理，确实还有值得商榷的地方。需要正视的是，自从有的城市率先实施限制后，一些城市管理者似乎突然找到了一把解决所有问题的"万能钥匙"，争相仿效推广，屡屡创新创造，大有"一限治百病"的感觉，着实令人叹为观止！

客观地说，各地采取的所谓限制措施，的确解决了一些现实问题，一定程度上也缓解了矛盾：车辆增加的速度慢了，抢购房子的人数少了，道路拥堵的状况缓解了，空气的质量变好了。然而，为此付出的代价是：一些行业的正常发展受到了干扰，一些城市的经济增长受到了制约，一些群众的合法权益受到了损害，一些政策的贯彻落实受到了影响。对比得与失、利与弊，使人不得不质疑一些城市治理的决策。

推进城市现代化建设，提高城市现代化管理能力和水平，国际大都市的先进经验自然是要学的。这种学习，也不局限于一时一事，而应该是持续的、全方位的。否则，故步自封、抱残守缺、闭门造车，思想不解放，观念跟不上，解决问题的思路、办法就会少之又少。当然，借鉴先进经验需要因地制宜、结合实际，不能全盘接受、拿来主义。不然，拿来一些不适合国情、市情、民情的方法措施，就得不偿失了。

态度决定高度，思路决定出路，格局决定结局。有一点需要引起广泛关注：解决问题的出发点和落脚点是什么，决定了一个政策的制定、实施和效果。作为现代社会治理能力水平的体现，城市管理者的态度、思路、格局至关重要。是以积极的态度去应对，还是以消极的方式去应付，对于城市治理的结果，往往起着根本性、决定性作用，既左右着城市发展的方向，也影响着问题解决的效果。如果真的有一把"万能钥匙"，这把钥匙就是以人民为中心的发展思想。

禁　　忌

　　在注射各类疫苗时，为了人民的身体健康，设置的禁忌事项比较多，目的就是确保疫苗的效果，防止一些副作用产生。其实，在现实社会活动中，为了规范一些具体事项，各种各样的禁忌也比较多，既有道德法律层面的，也还有风俗习惯层面的。无论哪个层面，设置一些禁忌，必须以维护公民的利益为目的，以遵守道德法律为前提，以符合公序良俗为基础。

　　通俗地讲，禁忌是提醒人们需要加以防范的各种事项，是社会、组织和个人需要注意遵循的基本规则。当人们处于禁忌之范畴，只有切实遵守规则，才能维护正常的秩序，确保社会活动正常合理有序运转。从小的方面讲，遵守科学合理的禁忌是培养自觉意识、加强道德修养的基础和前提，只有在基础上做扎实，才能在更高层面上做到位；从大的方面看，遵守科学合理的禁忌是适应环境氛围、融入社会发展的重要保障，更是维护社会基本秩序、保障社会治理能力和水平的基础和前提。

　　在日常生活中，真正地认识禁忌，严格地遵守禁忌，似乎还没有引起人们的足够重视。一方面，是一些禁忌设置不够严谨、不够科学、不够规范，使人们误以为遵不遵守无碍大局；另一方面，外部监督不力，让一些不拘小节的思想泛滥，常常使禁忌被视为无足轻重的小节。

　　在现代社会中，正常的社会秩序既需要法律道德体系的建立健全，也需要禁忌规定的补充完善。禁忌不是法律法规，要想充分发挥禁忌的约束力，需要因地制宜、谨慎制定、严格执行。对于禁忌监督者来说，要实事求是、科学合理地监督规范禁忌，让禁忌更加符合社会实际；对于遵守者来说，要加深对禁忌的理解和认识，增强遵守禁忌的自觉性，切实让禁忌的积极作用得到发挥。

庆典的意义

在人类历史长河中，无论是个人的庆生，还是机构的庆典，抑或是国家的庆祝，都喜欢以隆重、丰富、新颖的方式，倾情表达美好的祝贺、祝福和祝愿。个人生日之庆贺，往往以喜庆的家宴，将亲朋好友聚集在一起，热情款待嘉宾，追忆美好往事，共祝美好前景；机构组织之庆典，常常以热烈的活动，将成员盟友齐集在一起，总结美好过去，讴歌功德业绩，缔结发展盟友，共商未来前程；国家华诞之庆祝，则以隆重的庆典，将五湖四海的同胞、友人会集在一起，展示国力强大，发表醒世宣言，分享丰功伟业，共襄盛举成就。

现代社会中，庆生的内涵和外延变得更为丰富、更为宽泛、更为深远。从狭义上讲，庆生专指为庆祝生日、成立日、国庆日等重大节日，有组织或自发组织开展的活动。通常具有专属性和喜庆色彩，给人积极向上的鼓舞、凝心聚力的激励，以及营造生活美好、社会美好、世界美好的氛围。从广义上讲，庆生泛指为纪念大事、喜事、好事等重要事件，有意识或定期组织进行的各类活动。包括为庆祝而组织的集会、宴会、酒会等，为纪念而开展的舆论宣传、民风民俗、商业活动等，以达到让人们记住过去、珍惜当下、面向未来之目的。

庆生的形式与内容，是相互联系、彼此影响、共同促进的。作为一种社会现象，庆生组织开展的时机、形式、规模，反映了个体、组织、国家的综合实力。换言之，庆生并非仅仅是一种纪念，而是与经济状况、价值取向、政治生活紧密联系。在日常生活中，亲人的一碗热乎乎的鸡蛋面，虽然看似简单普通，却盛满了热情和真诚；在实际工作中，一场别开生面的纪念会议，尽管可能简约，却洋溢着喜悦和真情；在交流交往中，一次意义不凡的活动，可能略显简朴平常，却能有所收获。

庆生的意义之所在，并非是形式多么繁杂、规模多么宏大、内容多么丰富。事实上，每一场庆典、庆祝背后都有着传奇的故事。这些故事，才是栩栩如生、真实宝贵的。现实生活中，有的庆生，表达的纯粹是一种纪念，是对过往的珍惜、思念、留恋；有的庆生，直接表明的是一种态度，是对现实的认识、理解、诠释；有的庆生，是对未来的期盼、寄托、祝愿。无论何种情形，只要是真实的，就是值得祝贺的。

同 行 人

　　人们常说同行是冤家，其实也不尽然。有时，惺惺相惜、同病相怜也是一种状况。在日常生活中，印象比较深的是每每乘坐出租车，在车辆排队、拐弯甚至加塞时，倘若需要遇到的同行帮忙，总会有一较好的结局。尽管他们之间并无语言交流，然而，一个眼神、一个手势、一个声音，就能感受到他们彼此的心灵相通、配合默契。诚然，同行之间能够知悉对方，更难得的是彼此能够理解对方。对别人的酸甜苦辣、喜怒哀乐感同身受，让彼此有了更多体谅、尊重和谦让。

　　文人相轻，自古而然。可以说，是典型的同美相妒。表面上看，有同向竞争的原因，属于一种正常的人文生态，而社会正是在竞争中发展、在竞争中进步的；实质上看，则属于一种社会现象，反映了时代背景下人们的认知水平、价值理念和道德境界。若沿着历史的脉络追根溯源，从先秦诸子百家的学术争鸣到近现代众多流派的激烈论争，文人间的争鸣一直存在。从积极的层面看，此乃正常的社会状态。在这种状态下，文化发展才会呈现"百花齐放，百家争鸣"的盛况。

抛开其他因素不论，单就社会治理、经济发展、人文生态而言，"同行"之间的竞争更能促使自我改善、改革和改变，既有利于国家的建设、企业的发展、家族的兴旺，也有利于整个人类社会文明的进步。

随着社会的发展、思想的解放、文明的进步，在日常社会生活中，虽然类似"文人相轻"的现象依然存在，具体呈现的形态却变得优雅、谦恭、文明了许多。一方面，这反映了文明程度的提升，所有竞争都是在合理的规则下展开的，彼此能够容忍，甚至接纳不同的观念，且在同一环境中互不影响，彼此独立成长、发展进步。另一方面，人们已经意识到，社会在发展，人类在进步，只有开展良性的竞争，才能相互促进、共同提高，推动社会更好、更快、更协调地发展。

交友的困惑

按照常理，随着现代社会交流的内容越来越丰富、途径越来越广泛、愿望越来越迫切，交流理应成为一种时尚风景、生活必需、社会现象。然而，在日常生活中，人们进行面对面的沟通、心与心的碰撞、情和情的交融，似乎成了一种奢望。交友难、难交友，已是现实的社会问题，让人们困惑重重，乃至迷茫不知所措，进而影响着人们的学习、工作和生活。看似无关紧要的情形，却割裂着社会的情感纽带，消耗着人们的信任成本，抑制着拼搏的精神动力，甚至影响了个人的成长，影响了社会的发展，影响了现代化建设的推进。

阻碍交友的因素有很多。例如，一些过分利己的思想悄然滋生，让人们交友时更加自我。从关注社会、关注别人，向只关注自己转变，甚至仅将朋友视为工具，难以达到情感的交融。网络社交平台的一些负面案例令人顾虑重重，自我保护意识增强，好像社会处处是陷阱，时时皆尔虞我诈，交流时首先将自我包裹起来，难以形成心灵的碰撞。这些问题导致人们交友的积极性、主动性不强，即使交友也仅停留在寒暄客气的层面，难以深度沟通。

随着现代社会生活工作的快节奏、知识信息的多变化、身体心理的超负荷，人们更加渴望交友、盼望交流、期望交心。一颗孤独的心，希冀找到一个倾诉的对象，互通信息、分享快乐、共担忧愁。从理论上讲，只有通过思想文化的交流、观念文明的交融，才能使社会不断进步、人类更加文明。从实践中看，互联网等科技给人们的生活带来便捷的同时，也让交流能以虚拟化的形式呈现，而一些假大空的内容泛滥，则筑起了交友的篱笆，让更多人面对现实中的交友，愈加小心翼翼起来。

面对社会生活的现实，必须始终保持清醒的头脑、积极的心态，敢于直面困难，勇于迎接挑战，善于解决问题。一方面，我们要大胆地走出去，走进现实、走进社会、走进生活。事实上，交友本身始终存在一定的风险，人们正是在日久见人心的磨合中，拨开云雾见到了阳光。只有不畏风险、迎接挑战，才能够抵达心中的彼岸。另一方面，我们要加强知信、守信、诚信等方面的自我约束，努力营造和谐共生的精神家园，让人们能流露真情，破解交友的困惑与迷茫。

是　非

　　著名思想家、哲学家荀况在《荀子·修身》中写道："是是、非非谓之知，非是、是非谓之愚。"简言之，是非，指正确与错误。事实上，世间之万事万物特别是有人的地方，通常都会有是是非非，是非此即彼的思维逻辑使然，也是人类之本性使然。随着社会的发展进步，非此即彼的法则已被科学证明并非绝对的真理，是与非往往是相伴共生的，这就让是非之争变得似乎更加不值一提了。然而，人类社会与自然世界存在着不同，人类社会坚持的还是"二元论"。也就是说，在真理面前，是与非的界线是十分明确的。这一点，不仅需要人们从思想上认知，更需要在实践中认同。

　　辩证唯物主义认为，在事物发展过程中，主要矛盾或矛盾的主要方面起着决定性作用。然而，现实中仍有一些人在理论上认同，在实际中却未践行。体现在处理工作中遇到的问题时，常常是对人不对事，乃至对事物发展的根本原因，不能够客观公正地看待，对主要矛盾或矛盾的主要方面，采取的是选择性忽视，对引发问题的责任方，喜欢听其言却不愿观其行，让握有话语权的人，有了更多左右人们判断是非的机会，引发了关于是非的观念之争、问题之争、人性之争。

虽然不否认，生活中存在着是非曲直，然而，也有人有意识混淆是非、颠倒黑白，采用一些污名化的方式栽赃诬陷，企图改变世人的认知和舆论的方向，极其可恶。关键是，许多不明真相的人会被蒙蔽。

世间自有公论，是非无须争辩。正确的是非观念，是为人做事的基本原则。无论对社会、对集体，还是对个人，能否明辨是与非，能否坚持正确的立场，不仅是一种思想觉悟，更是一种能力素质。毋庸置疑，不管是何情何景，始终坚守公平公正这一信念，理应是人生追求的目标。

心的桥梁

信任是增进社会、群体、家庭融洽关系的润滑剂，是治疗个体行为失范和社会系统失范的良方，是助推社会组织和群体团结前行的精神动力。信任作为一种社会行为，有着典型的社会属性，同时，因每个主体独立的缘故，也使之具有了个体的特性元素。在社会与个体之间，信任发挥着使之相互影响、相互促进、相互排斥的作用，直接关系着集体的凝聚力、战斗力、创造力，如何搭建个体之间、个体与群体之间信任的桥梁，对构筑良好的社会关系至关重要。正如齐美尔所言："离开了人们之间的一般性信任，社会自身将变成一盘散沙。"

信任的问题，是当前社会群体中的重要问题，也是影响事业发展、稳定的基本矛盾。尽管许多群体否认存在信任的缺失，对外呈现的是沟通协调、团结合作、责任担当的形象，但实际上，群体内部缺乏彼此信任的思想基础，尚未形成共同的价值理念，难以承载共赴前程的责任使命，进而撕裂了维系团结的精神血脉，扼杀了共同的价值理念，影响了凝聚力、战斗力、创造力。

之所以把培育信任称为一项系统工程，需要视若圭臬、持之以恒、常抓不懈，是因为它是一项长期的、艰苦的、易毁难建的基础性工作，也是一项需要众人拾柴、多方努力才能完成的工作。这就要求我们在培育信任时，不能急功近利、一蹴而就，不能自以为是、一意孤行，不能舍本求末、一叶障目。否则，千辛万苦培育起来的信任，恐怕只能是虚假的信任，是空中的楼阁，甚至成了利益的苟合。在虚假的信任面前，心与心之间的沟壑可能变得更加曲折、更加复杂，阻碍人们建构起共同信任的桥梁。

当然，过度的信任同样潜藏着危机，这种危机又会消耗信任，让来之不易的信任土崩瓦解，消失得无影无踪。在现实生活中，这也恰恰是容易被忽视的，甚至是容易被个别人利用的。信任是需要珍惜、珍爱、珍重的，经不起肆意的挥霍和变相的冷落，廉价的使用必然换得廉价的回报。就像一座巍峨的摩天大楼，根基坍塌必将导致建筑倒塌，顶层的景观和高耸云端的风光自然会随之消逝。

守　正

因调理腰颈，寻医求诊、问东问西，笔者对正骨之术有了粗浅的认识和简单的了解。概括地讲，正骨属于传统的中医疗法，与西医的骨外科不同，通常是运用推、拽、按、捺等手法，治疗患者的骨折、脱臼、移位等疾病，调理气血不通、经络堵塞、肌肉酸痛等症状，帮助患者解除身体的痛苦和精神的烦恼。同时，与西医的理念属于微观哲学范畴不同，中医的理念属于宏观哲学范畴，注重辨证论治、系统调理、整体治疗。从实际治疗情况看，能够扶正祛邪，且在这一过程中，让病人少一点痛苦、让病情少一点隐患、让病属少一点负担，是正骨乃至中医追求的永恒目标，也是中华优秀传统文化的体现。

中医之根本，体现在一个"正"字上。正骨亦如此。"正"的本义，是指对变形的东西予以校正，即所谓的拨乱反正、正本清源、回归正道。中医所谓的正，源于中华优秀传统文化。而中华传统文化之正，是事物发展的本源，内涵丰富、意义非凡、影响深远，对社会发展具有极其重要的作用——从文化层面讲，尊崇儒学为官学，奠定求仕执政之基础，谓之王道；从经济层面讲，慕尚农业生产，发展小农经济，谓之民道；从中医层面讲，调理精、气、液的畅通，把握人体之正气，谓之医道。可以说，"正"是古人的明理处世之道。

倡导弘扬中医文化，是传承中华优秀传统文化的一个侧面。一方面，在全面建设社会主义现代化国家的伟大实践中，守正创新是组织开展一切工作和奋斗创业的基本原则，也是创造性转化和创新性发展的基础前提。另一方面，守正就是要坚持正气、坚定正义、坚守正道，传承弘扬人类社会创造和积累的文明成果，把握事物的本质，遵循客观的规律，守住为德之正、干事之正、做人之正，在社会实践活动的方方面面，始终做到扎实做事、务实行事、踏实干事，共同营造一个风清气正的局面。

守正并非是守旧，创新也非偏离正道。在社会实践层面，处理好道与术、正与邪、是与非的关系，把握好时代发展的方向，是现实生活的一个永恒主题。如正骨一样，运用正确的舒筋、活血、理气方法，让一切回归正道、顺其自然、和谐共生，是中医诊治的至上理念。然而，要正确处理好守正与创新的关系，万事忌用力过猛、矫枉过正。否则，就容易弄巧成拙，正气不但无法疏通，邪气还可能乘虚而入，最终结果反而会事与愿违、适得其反，也有悖于中华优秀传统文化的正道。

荣辱之辩

荣辱观属于人类社会的思想、文化、精神范畴。尽管世界各地的民族、宗教、信仰存在着差异，但也有人类需要共同认同的一些观念，荣辱观算得上其中之一。荣辱观是个体、民族、国家的道德准线，是一个社会主流价值体系的评判标准，是一个人类共同精神家园的衡量尺度。如果用人类共同的价值观衡量，荣与辱是具体的、有刻度的、可以评判的，也应该有高线与底线之分。在荣光上求高线，追求人类共同的价值理念，在耻辱上守底线，尊重人类生存的自然属性，这是对待荣辱必须把握的根本标准，也是做人做事必须遵循的基本准则。

是非之辩、功过之评、荣辱之争是个永恒的社会话题。古已有之，今仍存在，未来还将持续下去。这种情况，从国家、社会、民族之间，到宗教、学派、流派之间，再到人与人之间，层出不穷、数不胜数。特别是随着人类社会的发展进步，意识形态的斗争也会愈演愈烈。

　　社会对荣辱观的评判，是世界观、人生观、价值观之辩，是权、责、利之评，是多方利益集团之争，归根结底是制度和道路的博弈。换言之，是非之辩、功过之评、荣辱之争，是当事人向着各自既定目标执着前行。对于旁观者而言，一切从内心出发就可以了。

教育的局限

　　媚外其实是一种病，病就病在对自己缺乏基本的自信，盲目认为一切都是别人的好，就连天上的月亮也是别国的圆，呼吸的空气也是别国的甜，别人唾弃的垃圾也视若珍宝，简直到了难以言表的程度。这种病例，本质上是自卑心理在作怪，其危害程度绝对不容小觑。倘若患上了这种疾病，轻则害人害己，影响身心健康，甚至会到无法医治的地步，失去自我；重则影响国家的自信心和凝聚力。媚外具有传染性，其危害之大，必须高度警惕。

　　俗话说，子不嫌母丑，狗不嫌家贫。如果连有养育之恩的父母、有培养之惠的国家都嫌弃，不就是一种变相的自我嫌弃吗？一个人倘若将自己与家庭、民族、国家割裂开来，就等于全盘地否定了自己、失去了自我。做人做事是要有底线的，这一底线就是：不能以贬损别人的方式妄自尊大。同样，也不能以巴结别人的方式妄自菲薄。这条底线绝对不能失守，一旦失守了就会失去做人的基本原则，令人生厌，甚至连一条无家可归的狗都不如了。

造成媚外现象的原因很多，归根结底是教育出现了问题。一是一些家庭的教育理念存在问题。一些家庭，奉行的是以自我为中心和金钱至上的教育原则，使孩子的世界观、人生观、价值观被扭曲。二是学校教育存在不足。应试教育的结果导向，一定程度上忽视了思想教育的重要性，结果捡了芝麻、丢了西瓜，连国家花巨资培养的一些名校高才生，也有媚外的情况。三是社会教育的缺失。一度充斥在各种媒体的示范人物，大多是一些明星、老板，风头常常盖过对自强、自立、自尊的宣传，一些观众的敬仰推崇，立场和站位并不正确。

社会学的因果效应充分说明，内心的缺失，必然造成行为的失当。从一定意义上讲，崇洋媚外是内心自卑的体现。除了教育方面需要完善，历史遗留下来的糟粕也需摒弃。毋庸置疑，社会发展的接力棒已经传递了下来。是踟蹰徘徊，还是勇往直前，成了摆在我们面前的必答题。我们有理由相信，在推进中国式现代化建设的道路上，我们要用自信、自强写就一份圆满的答卷。

养生社会

现在，养生活动风生水起，已成为人们的一种生活方式。这种生活方式逐步改变着人们的生活理念、价值观念、文化信念，以及心理和行为。

养生形式多种多样，变幻出无数形态。包括内养和外修。内养，是以静为主的养生之术，包括食补、药补和辟谷、轻断食等，人们通过改变日常生活饮食的结构、数量、习惯以及频次，达到养身、养心的效果，实现养生之目的；外修，是以动为主的养生之道，包括传统和现代的运动方式，人们通过修炼气功、太极、八段锦等，或者练习广场舞、健身操和禅修的方式，达到强身健体的作用，实现养生之目的。外修还有阳刚和阴柔之区别。阳刚包括哑铃、拳击、武术等硬功夫，阴柔包括瑜伽、普拉提、健美操等软技巧。

养生的社会群体已发生了根本性改变，从老年向中青年、从达官巨贾向平民百姓、从女士向男士发展。究其原因，一方面，是人民生活水平整体提高，已经有条件改变现有的生活状况，越来越多的人希望通过养生，进一步改善生活质量、调整身心健康，以良好的状态迎接更多新事物、新生活、新变化。另一方面，是快节奏的学习、工作、生活给人们造成了精神和身体压力，人们希望学习一些养生之道、疏解压力、转移注意力、增强控制力，提升适应社会的综合素质，以更高、更强、更全面的形象投身于干事创业之中。

作为一种社会现象，养生正在改变着人们的生活习惯、交流方式、身心状态。这些改变，让人们对生活越来越充满信心，呈现出良好的状态。这些变化，并非一定是世界观、人生观、价值观方面的，也许仅体现在细微之处、末节之中，表现在一些平凡普通的生活细节里。这些改变，正在潜移默化地影响着人们，胜过了许多渲染和营造，显现出一些积极的效果。这就是社会生活带来的全新改变。或许，这也是我们更需要思考和重视的地方，正如养生之道：一切皆应从内心开始。

拉回了一车乡愁

"拉回了一车乡愁,送走了一车思念。"描述的正是独具中国特色的春运。曾几何时,每当新春佳节,在辞旧迎新的气氛中,千千万万漂泊异乡的游子,为了生活只能望乡兴叹,不得不把思念化作一种乡愁留存于心间。多少年来,多少代人,多少场景,在思念、相聚、离别之时,演绎了一幕幕悲欢离合的故事。如今,我们的国力不断强盛,跨越山河、纵横交错、覆盖全国各地的交通设施不断完善,于是,春运让思念成为一个得以实现的梦、成为一首脍炙人口的诗、成为一曲悦耳动听的歌。

春运,是一幅浓墨重彩的国画。无论是嘈杂拥挤的"绿皮车"时期,还是整洁舒适的"复兴号"时代,无论是公共交通工具,还是私家车,无论是自由自在的"任我行",还是紧张紧凑的年休假,由社会风景、生活场面、人生百态构成的写实画卷,总是那么美好、那么温馨。即使在严霜凛冽的寒冬腊月,也能让人感受到春天般的温暖。纵使身在旅途，心却早已飞回了家乡，期盼着红彤彤的火炉、斟满杯的烈酒和温情的笑脸，洗去生活的疲惫和世间的铅华。虽然千辛万苦，但心中始终有一个念头：回到故乡，一切也就值了。

或许，有人会问春运的感受，客观地讲，每个人的答案都会有所不同。然而，有一点应该是共同的：回归故里、与亲人相见的愿望和感受，即使用最华丽的辞藻也无法完全描述。因为故乡，是孕育希望、放飞梦想的地方，什么都不能阻碍游子对她的向往。即便曾经的希望幼稚可笑，即便曾经的成长并不顺利，即便曾经的梦想支离破碎，但对漂泊不定的游子而言，也是极其美好而难以忘怀的。也许，春运就是所谓的"拉回了一车乡愁"，人们心里装着的，永远是最美的梦、最纯的爱、最真的情。

随着时代的变迁、社会的发展、科技的进步，漂泊的游子回归故乡方便了许多。即使有时不能如愿回归故乡，但思乡之心始终没有改变。无论时间、环境、情景如何变化，对亲人的思念，对故乡的留恋，对过往的怀念，始终是人生不变的一种信念。也许，这也是一种初心吧！正是这永不泯灭的初心，随着年龄的增长而变得更加强烈，凭借春运，化作春风，迎来春节，了却了游子的心愿，化解了亲人离别的苦恋，描绘出一幅幅和谐社会、和睦家庭、和美人生的新时代生活画卷。

城市名片

在现代化城市建设中，地铁成为一个具有典型意义的重要标志，越来越受到大中城市人民群众的关注。从城市公共交通保障体系建设来看，地铁的确是一种安全、快捷、经济的公共交通工具。在现实生活中，虽然因经济成本、生态环境和社会价值等原因，地铁建设辐射的广度暂时还不能满足人民群众的需求，但随着经济发展、社会治理能力和水平的提高，地铁已成为现代城市交通建设重点关注的对象，正在祖国各地逐步发展起来，是与人民群众生活紧密联系的社会公共保障资源。

可以说，地铁是一个城市的缩影，每次乘坐都有一种全新的感受。地铁空间虽有限，却展示了世间万象。例如，创业者以推销的方式做广告，小情侣以夸张的姿势表达爱意，小小的车厢，尽显人间百态。更为夸张的还有，你可能会遇到有人用夹杂着方言的普通话，用手机与人谈着千万元、上亿元的项目。通话中，他们旁若无人，夸夸其谈，一副春风得意的样子，全然不顾旁人的眼神。

如今，乘坐地铁也是一件令人愉悦的事情。当你忙碌一天后，身心疲惫地挤进地铁时，身前的乘客恰巧下车，自己顺势坐到了座位上，皱巴巴的心情马上就会绽放开来；当你在匆匆忙忙的人群中，突然看到一个久违的身影，他乡遇故知的感觉油然而生，甚至用一些不着边际的话语，一股脑表达自己的想法，好像要拉住随时可能消失的心情；当你与心爱的人一起乘坐地铁，在人群拥挤、接踵摩肩之时，一个充满期盼的眼神，一句朴实简单的交流，心中的爱意瞬间溢满了整个空间，短暂又枯燥的旅程，立刻变得甜蜜美好起来。

毋庸置疑，无论何情何景，在城市生活中，地铁已走进你的生活，成为密不可分的一部分。若有幸去往别的城市，可以看到不同城市地铁不同的特色。即使在同一座城市，乘坐不同线路的地铁，也会有不一样的感受。也许，从进入地铁站开始，你就开始了一次文化之旅。站区的结构，站台的设计，站景的绘制，都体现出浓郁的地方特点。地铁建设者用无限的想象力，赋予了城市丰富的内涵。地铁，在时光隧道里，从最初的概念，到如今的规模，伴随你从青春年少走向金色暮年，也见证了你从拼搏奋斗走向事业成功。

一把双刃剑

网络具有传播速度快、辐射面广、扩张力强等特点，容易使碎片信息系统化，且借助网络推动信息快速散布、传播、扩张。这体现了网络在现实生活中的重要作用，也彰显了网络在现代社会中的特殊地位。

在现代社会实践活动中，网络就像耄耋老人手中的拐杖，成了生活中不可或缺的工具。特别是互联网去中心化的属性，以及各种移动终端的普及，使网络被人们普遍接纳、使用。同时，伴随数量成千上万、功能丰富多样、样式千姿百态，与学习、工作、生活相关的 App、公众号、小程序应运而生，网络的功能、作用、效率不断得到提升，嵌入生活的方方面面，融入时光的点点滴滴。现代网络技术的发展，具有划时代的意义，不仅改变着人们的生活形式，也改变着社会管理的运行方式，还改变着经济社会的发展模式。

随着网络的普及，网络问题已成为社会问题。正如打开窗户呼吸新鲜空气的同时，也要防止蚊蝇进入一样，网络的泛娱乐化、暴力和安全等问题同样应该引起足够的重视。一些青少年沉迷于网络游戏，逃课、辍学、肆意挥霍青春年华；一些娱乐公司挑衅社会公序良俗，为博取眼球刻意制造噱头；一些网站游走于法律边缘，公然向国家安全发起挑战。网络问题好像一双罪恶的手，撕裂着人们支撑生活的信仰信念，撕裂着家庭赖以生存的亲情温情，撕裂着维系社会发展的法律道德。这些问题，必须从管理的方式方法上加以解决和纠正。

互联网管理是一个庞大的系统工程，需要统一协调、多管齐下、综合治理，需要联合作战、全民皆兵、攻坚克难，需要持之以恒、常抓不懈、始终如一。在具体实践过程中，至少应该把握以下三点。一是要站在讲政治的高度，切实重视互联网这个意识形态斗争主战场的建设，建立健全网络管理体制，依法管网治网，为人民群众营造清朗的网络空间。二是要聚焦党和国家关切、社会关注、群众关心的网络问题，理清模糊认识，化解消极情绪，纠正错误做法，让人民群众用网省心、用网安心、用网放心。三是要建立健全家庭、学校、社会三位一体的网络使用管理机制，把科学用网与培根铸魂结合起来，助力孩子健康成长。

网　　购

　　"您好！快递到了，请开一下门禁，给您送货。""请凭取件码 19930310 到小区储物柜，取您永顺快递的包裹，业务员 5961218"……相信大多数人对此类信息并不陌生。网购已"飞入寻常百姓家"，成为人们日常生活的一部分。不管是国内的、国外的，还是东部的、西部的；不管是普通的日常生活用品，还是贵重的奢侈品，甚至一些稀奇古怪的东西，几乎都能通过网购获取，以至于人们开玩笑："除了不能网购爱人，其他任何东西都能网购。"

　　如今，随处可见的是，各家快递公司的快递员，风驰电掣地穿梭于车水马龙、川流不息的街区。尽管他们一定程度上使交通情况变得更加复杂了，然而，当看到及时送达的"宝贝"，喜悦之情掩盖了一切。当然，快递的管理也属于现代社会治理的范畴，加强交通秩序管理，督促包括快递员小哥在内的所有人遵守社会秩序，也需要相关管理部门、企业和社会各界相互配合。与此同时，新生事物的诞生，需要配套的政策制度及时跟上，助力其生长。事实上，这不仅是对新生事物生命力的检验，也是对人们思想观念的检视，更是对现代社会城市治理能力和水平的检测。

正如邵康节先生宇宙论中推演的太极图一样，从动与静到柔刚、阴阳，再到太阳、少阳、太刚、少刚和太阴、少阴、太柔、少柔，两仪生四象，四象生八卦；网购行业的兴起，也衍生出许多相关产业和行业，带动了网购所需的生产、物流、销售等的模式改变。这些改变，也改变着人们的思想观念、消费方式和生活态度。况且，这些改变，在"道生一，一生二，二生三，三生万物"的模式中，互相作用、循环往复、与时俱进，影响着当下，也影响着人们生存发展的未来。

应该看到，网购的迅猛发展，使固有的经济生产方式受到了严重的冲击，许多产业和行业感受到了前所未有的压力。随之产生的蝴蝶效应，似乎让房地产业、金融业、建筑业等传统行业，走进了发展的瓶颈。对此，不能简单地选择接纳或拒绝。因为，不管我们是接纳还是拒绝，它都客观地存在着，并将按照自身的发展规律，向着既定的方向前进。也许，这就是社会发展的力量，也是人类社会的希望。认识它、了解它、掌握它，让它为社会的发展进步贡献力量，才是我们面对新生事物应该具有的一种健康心态。

为未来点赞

点赞，是时下流行的一件事情，也是有意思的一件事情，是互联网时代人们沟通交流的一种全新方式。尽管空间的距离使亲朋之间相聚促膝谈心的机会少了，但能在网络世界里通过点赞的方式表达感情、抒发情怀、隔屏交流，的确也是非常惬意的一件事情。随着社会的发展，一些新理念、新技术、新材料在社会生活中得到广泛应用，很大程度上改变着人们传统的思维方式、生活模式、行为定式。像这样把对朋友的关心、关切、关爱，通过点赞的形式形象地表达出来，不失为科技创新的生动体现，也是时代发展的真实写照。

说起点赞，大有学问，也很有乐趣，值得分析研究。最近，因手机系统升级，不经意间发现，在微信上曾经为人和被人点赞了那么多次。出于好奇心，笔者认真查看了一下各种点赞的具体情况。没想到的是，关于阅读方面的点赞竟然占据了绝大多数。既为此感到惊奇，也为此感到欣慰。惊奇的是价值取向的一致，这或许与朋友、同事间的惺惺相惜有关，也印证了"人以群分"的古语；欣慰的是，通过党和国家、社会各界的共同努力，全民阅读的理念已逐渐被越来越多的人所认同和接受。

在现实生活中，阅读是一种满足精神和生活需求的客观活动。当人们被动选择阅读时，阅读还是人们现实生活的需要；当人们主动选择阅读时，阅读的意义也就有所不同。不难想象，倘若阅读是为了陶冶情操、升华灵魂、愉悦身心，自然而然会变得轻松愉悦了许多。朋友点赞或为朋友点赞，也犹如锦上添花，为生活增添了更多的乐趣。换句话说，点赞表达的，既是对别人的一种称赞，也是对自我的一种欣赏。这种称赞和欣赏，常常是发自内心深处的。

为阅读点赞，只有让阅读成为更多人的生活需求，且使这种需求在更大范围内不断扩张，全民阅读的氛围才能真正形成，学习型社会才能得以建构；为阅读点赞，让阅读推广者为自己的事业骄傲自豪，他们默默奉献在平凡的工作岗位，为全民阅读点燃星星之火；为阅读点赞，努力让阅读改善人民的文化素养，产生更大的社会效益、文化效益、经济效益，使阅读者切身感受到，生活会因阅读而变得更加丰富、更加美好、更加幸福。事实上，无论意识到与否，为朋友点赞，就是为生活点赞、为美好点赞、为未来点赞。

世界可以更美好

　　一个新建的地铁站，一切按照规划有条不紊地推进。然而，偏偏在最后的收官环节，为外加一个并不起眼的摄像头，在原本已装饰好的墙体上，硬生生开了槽，拉起一条明线，虽然解决了施工难题，却让人感觉突兀别扭。好像在一幅精美的画卷上，落了一个笨拙难看的款，不仅没有增添画面的美感，反而多了一些不协调。某种程度上，让一个优质工程打了折扣，留下了遗憾。

　　现实生活中类似不尽完美的情形并不罕见，有的也的确令人扼腕。若将一切归咎于人的素质，难免有些牵强，但与做人的觉悟意识、做事的原则理念、做工的标准要求显然有关联。换句话说，追求事物的美好，并非完美主义者的特权。任何人心里都有一个基本标准，只是愿不愿意用此判断而已。特别是随着社会的发展，人们的视野、见识早已今非昔比，各行各业标准化、规范化建设早已步入正轨，从业人员的能力、技术早已驾轻就熟，倘若再多用一点心思、多负一点责任、多费一点力气，事情或许就能够变得更加完美一些。

城市建设关乎人民群众的幸福生活，关乎社会文明的进步程度。人民群众是社会发展的推动者，也是美好生活的创造者。因此，每一位社会成员都应有强烈的责任意识和使命担当，既要心怀"国之大者"，也要立足"平凡之路"，既要以人民为中心，也要培植家国情怀，既要精心谋划、巧妙布局，也要妙手丹青、巧夺天工，团结协作、勤奋努力、拼搏奋斗，将城市建设好，让人民群众充分享受幸福美好的生活。

以敬业、精益、专注、创新的态度追求极致，是工匠精神的价值取向和品格体现。综观人类文明历史，正是在追求极致中前行、在创造完美中发展。事实上，不管处于什么样的平台，人们都是通过自身的拼搏努力，追求人生的极致、达到理想的境界、实现完美的目标，尽管每个人心中的愿景或许有所不同。可以说，只有用心用情用功做好每一件事情，特别是把问题考虑得更细一点，把目标定得更高一点，把事情做得更好一点，生活才能更加美好，社会才能更加绚丽，人生才能更加精彩，世界因此才能够变得更加美好一些。

数字的寓意

　　"一去二三里，烟村四五家，门前六七树，八九十枝花。"由这首古诗可以看出，人类社会对数字的敬畏和运用，有着悠久的历史。大的方面，祭天、祭地、祭太庙，揭幕、开业、重开张，都会占吉日、吉时，以图吉利；小的方面，选车牌号码、电话号码，设置各种信用密码，特别是挑选大喜之日，都会择数、择字、择序，以求圆满。数字在社会生活中的广泛运用，既解决了人们的生活需要问题，也解决了人们的心理需求问题，且伴随着人类的社会实践活动，已经成为人类社会不可或缺的文化标识、生活元素。

　　从数字的角度看，其本身并没有什么太多深奥之处，与人类创造的文字一样，最初也只是一种符号而已，起着记录、记忆、纪念的作用。在历史发展的过程中，随着人类对符号的神化崇拜，数字的象征意义和社会价值，一定程度上超越了其本身的功能作用和实用价值。特别是随着近现代社会的发展，在人类物质文化需求得到满足的基础上，数字的地位和作用越来越重要，在推动自然科学和社会科学发展的过程中，得到了充分的体现和彰显。换句话说，人类使用数字的历史，也是人类自然科学和社会科学传承、发展、进步的历史。

从选择的角度看，人类对数字的使用，蕴含着深厚的文化内涵和丰富的文明因素。比如，"道生一，一生二，二生三，三生万物"的博大精深，"一心一意、六六大顺、十全十美"的美好寄托，"1314、520、1111"的形象诠释，"三、七，四、八，六、九"的个性解读，等等。数字代表的人文思想和精神价值，早已被人类所熟悉和掌握，并在日常社会生活中熟练地运用和广泛地传播。

从心理的角度看，人类与数字打交道的过程，也是心理建设逐渐成熟的过程。人们在解读自己的人生密码时，有意无意之间，总会选择或使用一些相对固定的数字。其中缘由，除了个人偏好，更多的是一种心理需要或心理暗示。冥冥之中，数字已被蒙上了一层神秘的面纱，潜移默化地影响着人的思想和意识，以至于成就了许多所谓的幸运数字，为人类所膜拜。

如今，人类处于信息化时代，数字应用在无限地扩展、扩容、扩张，方兴未艾的数字经济，也以压迫之势大步向我们走来，无论传统势力强或弱，无论接受与否，无论未来是否为坦途，都要与数字社会共融共生。尽管如此，人类对数字的了解、认识和运用，仍然摆脱不了文化的影响，也必将与文化相存共生。这正是因为数字本身就是文化的组成部分。

分　　类

　　时下社会流行分类，各行各业、各种各样，至于具体分什么、怎么分、效果如何，不能一概而论，至少愿望都是美好的。大的方面，例如，把不属于首都功能的，搬到通州，搬到雄安，搬到更远的地方，让各种功能都能够各自最大限度地发挥；小的方面，例如，生活垃圾的分类，细化到可回收垃圾、厨余垃圾、有害垃圾，让各类物质都能够被精准处理；等等。这些分类，既有自上而下的顶层设计，也有自下而上的创新创造，还有全民皆兵的统一行动，轰轰烈烈、热闹非凡。

　　"人以群分，物以类聚"这句名言，出自《周易·系辞上》。可见，分类之理论，中国古已有之。如今，起源于西方的现代工业社会，使分类更加细化，甚至到了令人难以想象的程度。比如，因生产某种产品，可以将工人的岗位分成几十个、上百个，甚至成千上万，通过工作上的精细分工，达到技术要求上的精益求精。事实上，社会文

197

明程度越高，科技发展速度越快，社会治理精度越细，分类就会越具体。从这个意义上说，要成为真正的现代化大都市，做好分类工作既十分必要，也非常重要。

社会发展中分类固然重要，但也有值得商榷的情况，比如说对人的分类。古代把教派和人分为三教九流，使人有了高低贵贱之分，影响了社会的发展。相应地，如果当下单纯按户籍分类，来达到推动城市升级、提高城市文明程度的目标，确实值得商榷。任何人虽无须以众生平等为理由强行要求人人绝对平等，但也不能一方面让人奉献付出，另一方面又拒绝对付出者进行必要的回馈。显然，如此也不一定符合共同富裕的理念。其实，对分类的不同看法，反映了现代工业文明与传统农耕文明观念的区别。在建设中国式现代化的道路上，类似问题还会遇到很多，需要高度重视、合理安排、妥善解决。

烟囱的故事

回想当年，城市中一个又一个高耸入云的烟囱，给人们留下了极其深刻的印象，刻下了岁月不朽的烙印。曾经，城市中烟囱的多少，意味着一座城市工业化程度的高低，在一定程度上也反映了人民生活水平的高低。这些林立的烟囱，以独有的时代魅力，装点着城市，让居住于此的居民引以为豪。然而，随着科学技术的进步、经济社会的发展、生活水平的提高，靠煤炭燃烧，靠烟囱助燃，靠简单资料生产、生活的艰苦日子一去不复返了。烟囱，这个曾经的历史"标志"，已日渐远离人们的视野。

烟囱的故事，丰富而多彩。世上的烟囱，可谓琳琅满目、千姿百态。有的直上云霄，试与天公比高低；有的巨大无比，腾云驾雾乐逍遥；有的简朴实用，袅袅炊烟似仙境。还记得，鲁东胶州儿时的家中，烟囱将炉火拢得火红火红，置于上面的小干鱼滋滋冒着香气；还记得，故乡省城从军的营区，隆冬凌晨跑步时，遍地是烟囱里飘落的煤

尘;还记得,京都西郊发电厂,身形硕大的烟囱营造出天
阙似的仙境,好像架设了一个天梯,人们可以从容地漫步
于天地间。可见,一个个烟囱,演绎了各种各样的故事,
见证了几代人生活的痕迹和人生的经历。

而今,城市和乡村的烟囱越来越难以见到了,原来随
处可见的烟囱,或拆除,或改良,或集中到一些工业区。
即使市区偶尔还能够见到一两个,大多也是被留下来作为
文化遗产,供后人追忆曾经的火红年代和逝去的青春年
华。许多老厂区里高高低低、大大小小的烟囱,跟随几十
年的厂区厂房一起来了个华丽转身,被改建为博物馆、展
览馆、运动场,为城市的升级改造服务,为社会精神文明
建设服务,为人类文明进步服务。

烟囱,这一极具时代特色的产物,伴随着时代变迁,
发生了巨大变化。随着我国对世界作出碳中和承诺,随着
我国水电、风电、太阳能发电和生物质发电装机持续保持
世界第一,随着我国工业化建设转型升级持续推进,传统
的烟囱正以全新的面貌展示在世人面前。这些新的变化,
昭示着一个新时代——全面建设社会主义现代化国家时代
的到来。新时代,也必然有许多新的"标志",像传统的
烟囱一样耸立于世,为中国式现代化建设提供服务和保
障,为我们的生活增添一些别样的风景和色彩。

商　　标

　　商标作为现代社会发展的一个产物，是一个专门的法律术语，用以识别和区分商品或者服务的来源，可由文字、图形、字母、数字等诸要素组成。严格意义上讲，商标更是一种社会现象，蕴含着民族精神，承载着历史记忆，体现着时代色彩，具有鲜明的文化特征和价值理念。商标起源于古代工匠的签名或标记，在社会发展进程中，逐步得到人类的确认和应用，后又逐渐被赋予特殊的内涵，具有了法律意义。我国现有注册、未注册商标之区分。商标还具有区域性，国家之间、地区之间对商标的相互认可，需履行必要的手续和程序。商标制度建立、发展、完善的过程，也反映了国家政治、经济、文化的发展历程。

　　在日常社会实践过程中，公众对商标的关注，更多集中在一些侵权案例上。这些商标纠纷虽往往直接缘于经济的诱惑，但进一步而言，缺乏的是对文化的理解和认知。每一个商标都有着自身的文化内涵，盲目抄袭他人的商标，实际上是缺乏文化自信的体现，这样的企业又怎会长久生存，更别提成长为驰名品牌企业了。当然，不排除个别涉嫌抄袭商标或侵权的企业，发展到一定阶段幡然醒悟，主动修正自己的错误，重新走上自尊自爱、自信自律、自强自立发展道路的情况。倘若能够如此，也算是迷途知返，自信、自强、自立起来了。

商标的真谛，应该是蕴含其中的人文思想，不应是一味攫取经济价值的错误理念，更不应是为达目的不择手段。靠抄袭、模仿他人商标走捷径的做法，其发展理念也很难自成体系。然而，这些往往容易被一些急功近利者忽视。从企业的层面看，企业发展虽表现在经营管理理念的竞争上，本质却是人文思想的竞争。这种竞争，企业越是强大，体现得就越明显。可见，企业发展之竞争，又何尝不是理念之争、思想之争、文化之争。

树立商标意识，归根结底是培养和提高人们尊重知识产权的意识，让人类知识的价值得到珍惜和认可。特别是在全面建设社会主义现代化国家，实现中华民族伟大复兴中国梦的历史征程中，必须在全社会进一步倡导尊重劳动、尊重知识、尊重人才、尊重创造，培养人们的法律意识、文化意识，增强人们的文化自信，并用先进文化引领企业不断创新、创造，推动经济社会健康有序高质量发展，为人民群众的幸福美好生活提供更多、更好、更优的文化食粮，让人民群众共享社会发展进步带来的成果。

生活通行证

在现代社会生活中，各种各样的证件随处可见。证件是用来证明一定信息的证书和文件，代表了持证者的经历或履历，记录了需要让人知晓的过程或过往。这些证件背后，往往有着令人难忘的故事。正是这些或精彩，或平淡，或传奇的故事，组成了人们真实平凡的生活。这些故事，比证件本身更让人难以忘怀。

通常情况下，政府机构或社会组织既负责制定证件，也负责管理证件，对证件具有无可争辩的阐释权。对于证件持有者来说，证件具有神圣不可侵犯的权利。

证件已成为现代社会必不可少的"通行证"，无论使用与否，价值都不容小觑。使用时，证件是一份证明；闲置时，证件是一张珍贵的"废纸"，必须藏之高阁。

证件的重要性还体现在是否经常使用，是否需要定期更换，以及更换的难易程度上。有的证件，一劳永逸、终身无须更换，实用价值也并不大，充其量是个纪念品；有的证件,需要阶段性进行更换,虽然麻烦不少,但因其直接关乎日常生活,即便需要花费一些气力,人们也心甘情愿;有的证件,虽然很少更换,却是极其重要的,关系到人们的名利、地位、身份。

现在,一些证件的功能作用似乎远远超出了自身的定位,其社会意义和实用价值越来越凸显,既在一定程度上体现了公序良俗、价值取向、道德法律,也在一定程度上成为约束人们言行的工具,更在一定程度上起到了检验检视人们遵规与否的举措。可以说,在现代社会生活中,证件虽小,意义很大。它浓缩地体现着现代社会的治理能力和水平,对社会的发展进步具有重大而深远的影响。

广而告之

当年，"牙好，胃口就好，身体倍儿棒，吃嘛嘛香"的牙膏广告语，加之演员李嘉存憨厚幽默的形象，想必曾经看过的人至今仍然记忆犹新。广告业自从我国改革开放以来迅猛发展，许多优秀的广告，对产品的推广和企业的发展起到了积极的推动作用。如今，广告已向专业化、精细化、艺术化发展，逐渐成为独具魅力的综合产业。

通俗地讲，广告就是对所宣传推介的对象广而告之，通过丰富多样的形式内容，让人们明白宣传推介的是什么、怎么样、怎么用。换句话说，广告就是宣传推介对象的介绍信、说明书、宣传画，让人们在较短时间内对一个原本未知的事物，有了相对清晰、准确、完整的了解，以便能够适时做出接纳或不接纳的抉择，一定程度上为我们的学习、工作、生活提供了便利。

广告的特点，就是利用人们的好奇心理，用精练、形象、准确的语言、图片和镜头语言等文化元素，渲染出一个个精美绝伦的广告物，以达到吸引人、感染人之目的，让人们感到某物值得拥有，甚至愿意为之付出高昂的经济代价。广告的真谛是"客观、准确、真实"。具体而言，就是客观公正地描绘其概况，准确扼要地归纳其特点，真实形象地刻画其面貌。

广告是客观的介绍，但绝不是盲目的吹捧，切忌夸大其词；否则，不仅会影响广告的效果，还可能会引起法律纠纷。现实中，许多广告背离了这一原则，脱离了客观实际，一味地夸赞吹捧，明白人看了，只能呵呵一笑。

人生亦有需评价、推介和说明之时，客观、公正、真实是基本要义。当完成一件事情，阶段性总结过去、反省自身，是否能够客观地认识自我？当进入一个新的环境，融入一个新的团队、推介自己，是否能够公正地评价自我？当说明一件事情的来龙去脉，解释一些盘根错节，是否能够真实地剖析自我？能够做到实事求是，既不夸张也不谦虚就好。否则，势必影响他人对你的评价和信任，好像打了虚假广告，适得其反。

城市综合征

随着私家车的普及，堵车已成为一种社会现象。无论是大都市，还是中小城市，无论是上下班的高峰，还是其他时段，驾车途中遇到堵车成为一种常态。

面对长长的车流，堵的是车，考验的是耐心，检验的是驾驶者的心态。每天，急急忙忙赶着去上班也好，忙碌一天疲惫地下班也罢，遇到堵车难免会产生一些烦躁。能不能心平气和地驾驶，特别是当旁边车道偶尔出现空当时，是仍然依序跟进前行，还是贸然改道超车，对司机而言，确实是一种考验。有经验者明白，若都正常行驶，大概率会缓解拥堵之状；反之，都想着超车，往往会欲速则不达，甚至造成更大的拥堵。

生活中许多事情类似于堵车，也需要以正常的心态去面对。例如，到医院看病排队挂号，若你心情过于急躁，就会感觉排在前面的人在有意耽误时间；乘坐地铁等待座位，若耐不住性子，烦躁的心情如同遇到了堵车；一些按部就班的事情，若没有一颗平常心，也会误以为处处受阻碍。所以，应该学着有信心、有恒心、有耐心。

遇到堵车，必须遵规章守法纪。在这里，各个标识是规矩，条条画线是法律。无论如何，不能强行违规超车，也不能违章碾压实线，更不能违法逆道行驶。即使遇有十万火急的事情，也要依法依规依章行驶，安全至上才是王道。特别是碰到有事又堵车的尴尬时候，千万不能以自己为中心、事事只考虑自我，倘若过于任性，难免导致失序的结果。行车安全事关人民群众的生命财产，万万不能有侥幸心理。否则，轻则车损人伤，重则车毁人亡。

从社会层面看，遵纪守法是现代社会生存必须遵循的基本准则，如同行驶的车辆必须遵守交通规则一样。在现实社会生活中，类似堵车之事时有发生。无论如何，必须遵守各种规则，严守法律纪律，依法而行、依序前行，守得住车轮下的底线，始终做一个遵纪守法的公民。

共享时代

近年来，由"共享"概念带动的各种产业风生水起、方兴未艾。从共享单车开始，共享事物成了时尚话题。共享单车、共享汽车、共享雨伞等，可谓风景独好。据说，在创业圈子里，一度出现"不是共享的产业"都不好意思说的情况，可见其势头凶猛。2017 年 12 月，"共享"一词入选年度中国媒体十大流行语。随着改革深化，共享成为发展的根本目的，中国也与世界各国共享发展带来的机遇，推动人类命运共同体建设。

共享经济是一种不错的尝试，让一些闲置的资源得到有效利用，最大限度满足人们的需求，使一些原本暂时无法享用的资源，因共享的低成本，被更多人提前享用。无论是对社会，还是对民众，这都是一桩好事。从另一个层面讲，在社会资源还不太充分、分配还不太均衡，工农差别、城乡差别、体劳差别还较大的情况下，共享的出现，一定程度上起到了缓解社会矛盾、增进和谐氛围、推动经济发展的积极作用。

追根溯源，"共享"一词出自明代冯梦龙的《东周列国志》。景公曰："相国政务烦劳，今寡人有酒醴之味，金石之声，不敢独乐，愿与相国共享。"这里提出的共享理念，虽没达到孟子"穷则独善其身，达则兼善天下"（《孟子·尽心上》）、范仲淹"先天下之忧而忧，后天下之乐而乐"（《岳阳楼记》）的思想境界，但在资源匮乏的封建朝代，不论出发点如何，面对资源能不独享，而是与人共享，实属不易。

随着时代发展，共享经济给人们带来了更多的理念，人们的生活也因之发生了许多改变。然而，共享的重点并不是"享"，而是"共"。令人诟病的是，一些人却把重点放在了"享"上，一味贪图享用，挖空心思"享"社会的资源，完全没有"共"的意识。显然，既不道德，也有悖于共享理念的初衷。

日常生活共享的范例很多。在现代经济运营中，公司采取优势互补、资源共享的方式，最大限度地利用合作公司的有效资源，实现自我快速发展之目的。在传承中华优秀传统文化方面，阅读前人撰写的书籍，共享民族的精神食粮，也是一种共享的表现形式。事实上，无论共享以何种形式呈现，只有不忘共享的初衷，才能使共享的理念最大限度地改善我们的生活。

品　茗

《茶经》记载，茶有九难：曰之造、别、器、火、水、炙、末、煮、饮。九难，实则是指经九道工序，才能品茗之香。可见，"茶圣"陆羽鉴茶、烹茶、品茶之功夫，古今中外鲜有其匹。然而，于平常人而言，喝茶极少会如此讲究，无非是解渴、休闲、打发时光，最多是偶尔感受一种悠然心情和优雅氛围，享受一下拼搏奋斗之余生活的恬静、幸福和美好。正如约三五好友小聚小酌，酱香也好，浓香也罢，甚至随意一种香型也都不是什么问题。大家更多关心关注的，是兄弟情、朋友义。

品茗是中国古老的文化传统之一，不仅与中国是茶之故乡、茶文化传承几千年有关，而且与本民族的饮食习惯、礼仪习俗不无关系。中华民族的好客之道，既有大海一样的豁达包容，也有品茗一样的精致细腻。作为几千年的文明古国，"有朋自远方来，不亦乐乎"彰显了大国之气度，"以茶待客、以茶为媒"展现了小家之温润。正是在这一大一小之间，中华文化的优良传统呈现了出来。

烹一壶香茗，读一本好书，偷得浮生半日闲，是多少人向往的。况且，一煮一泡、一研一炙、一品一啜，每个人的感悟会有不同，每一次的感悟亦有不同。纵然是同一味茶、同一种水、同一个景，心境不同，自然也会品出不同的味道。其中缘由，抑或是茶之造、别、器不同，抑或是茶之火、水、炙、末、煮不同，抑或是品者心情、心态、心境不同。

生活好了，人们品的是一种文化，品的是一种愉悦，品的是一种人生。品茗者的最大收获，莫过于精神的愉悦。可以说，即便心神浮躁，一壶滚烫的开水冲下，人也像茶一样变得通透豁达，逐渐安静下来。其实，品茗恰似读书，让心静下来，朦胧中似乎看到了古代的文人墨客若隐若现，欲与品茗者来一次跨世神交，谈古论今，谈天说地。此情此景，品茗者似乎也已融入辞赋、诗文之中。

诗与远方

　　旅行，是让人乐道的美妙故事，更是令人神往的美好生活。诗仙李白云游天下、倘佯恣肆，写就了脍炙人口的旷世佳作；游圣徐霞客探幽寻秘、游历山川，完成了享誉华夏的地理名著；画宗董其昌读万卷书、行万里路，形成了独具一格的文人画风。从"诗与远方"有幸结合到一起，人们就盼望着一场说走就走的旅行。然而，生活和工作的压力如惆怅的天空，弥漫着愁云，雨还是迷恋痴情，模糊了寻觅的方向，阻滞人们的征程。诗，依然在醉意中朦胧；远方，怅然在诗情画意中；而梦想，像一只漂浮在水中的小船，悠然荡漾在睡梦中。

　　其实，如今的旅行，与古代的四海为家、行走八方、浪漫潇洒有所不同，常常是对自己现实生活的一种无奈逃离。这样的逃离，是对生活工作快节奏的编辑、修订和再版，是对生物钟超负荷的修复、弥合和再造，是对原始朴素愿望的祈祷、祝福和再现。短暂的逃离是为了及时调整身心,进而以最佳的状态,重新踏上拼搏奋斗之征程。因此,无论是携家人回归故里,与亲人团圆团聚、倾诉儿女情长,还是不远千里赴约,与故友追忆往昔、展望未来,抑或是游四海名胜古迹,与同行者豪迈指点江山,都作用重大、意义非凡。

一方面,旅行不仅是一场人文自然的游历,也是一场思想心理的经历。行万里路、走遍天下,会获得读万卷书提供不了的真切体验,使人在享受生活乐趣的同时,也开阔了心境。另一方面,社会提供了越来越优越的条件,让人们有机会把"诗与远方"变成现实,享受改革开放的成果,满足人民对美好生活的向往,团结人民携手前行、拼搏奋斗、共同发展,也促进了社会的繁荣发展。

"人民对美好生活的向往,就是我们的奋斗的目标。"我们有理由相信,只要不忘初心、牢记使命、拼搏奋斗,就一定能够实现这一目标。正如当初将"诗与远方"合二为一,社会发展呼唤更多人的"诗与远方"。让诗的憧憬,不仅成为美好生活的愿望,更成为美好的现实;让远方不仅充满诗情画意,也充满生活阳光,更充满人类社会赐予的无穷力量。当我们和拼搏与奋斗同行,就会受昂扬的精神引领,始终坚定地走在前头;当我们和时代与梦想同行,就会把理想转化为动力,在现实中执着前进;当我们和"诗与远方"同行,就会将心中的无限美好,描绘得越来越清晰完整。

小　　聚

"出门万里客，中道逢嘉友。未言心相醉，不在接杯酒。"对于漂泊的游子来说，在异地他乡，为事业拼搏奋斗之余，若能够时常与亲朋小聚，是非常难得、难求的。谓之难得，是因生活节奏越来越快，能够挤出一点时间小聚，相互交流感情、彼此分享快乐、共同担当困难，确实十分难得；言之难求，则因亲朋天各一方、四处漂泊，能够择一地而相聚，需要条件具备，需要机缘巧合，需要氛围和谐，自然是可遇不可求的。

虽说难上加难，但小聚的益处良多，确实值得克服困难、迎难而上。概括起来，小聚至少应有三得，且得之皆不易。其一是乐事，其乐融融；其二是幸事，荣幸之至；其三是美事，美好团聚。总之，小聚魅力斐然，使人既能得到情感上的慰藉，也能得到心灵上的共鸣，更能收获情谊、祝福和快乐。

谓之乐事，是因得一喝酒品茶之机会。"酒逢知己千杯少",此时此地此情,即便不善喝酒品茶者,也乐见无拘无束举杯畅饮、轻松洒脱谈笑人生的场景。饮至兴致盎然时,难免也会发出"对酒当歌,人生几何"的感叹,甚至是"人生得意须尽欢,莫使金樽空对月"的感慨。若是谈论到一些令人动容、共鸣的情感话题,或许还会有"明月几时有,把酒问青天"的感怀。

谓之幸事,是因得一交朋结友之机会。"有朋自远方来,不亦乐乎。"人生在世,有缘结交三五知己,实乃幸事。物以类聚,人以群分。但凡能够一起小聚之人,大多也有着相似的世界观、人生观、价值观,很可能会成为又一个有缘结交之人。小聚,常常是不忘故友、结识新朋,在与故友的惺惺相惜中,在与新朋的相见恨晚中,小聚的意义已然得到升华。

谓之美事,是因得一叙旧、展望之机会。回忆过往、漫谈当下、展望未来,小聚不仅仅是一场把酒言欢的团聚,也是一场思想共融、情感共鸣的精神盛宴。的确,正是这样一个个难得的机会,一次次灵魂的碰撞,一丝丝火花的闪现,在"各美其美,美人之美,美美与共,天下大同"之中,人生变得更加美好和充实了。

寻觅一种意境

"小酌三杯足,安居一席宽。"对当代人来说,陆游描绘的状态依然被很多人向往。如今,奋斗拼搏已成为时代的主旋律、工作的主基调、生活的主题曲。然而,心境的平和与淡泊始终是不少人的目标和愿望。在现实生活中,人们依然沿用小酌之类的词语表达对美好生活的向往。诚然,在人类描绘美好愿景、构建理想社会、实现天下大同的征途上,生活中美好的点点滴滴,同样也是谱写人生华美乐章的美妙音符。

事实上,小酌的意境是一种寻觅、一种憧憬、一种神往。人们寻觅"拥抱自然、亲近田园"的返璞归真,憧憬"淡泊明志、宁静致远"的超凡脱俗,向往"采菊东篱下,悠然见南山"的恬淡安宁,让疲惫的身心小憩,将失落的灵魂安放,重整行囊、再赴新程。毋庸置疑,小酌倡导的不是奢靡享乐,而是恬静悠然;小酌追求的不是附庸风雅,而是清雅淡然;小酌营造的不是柳岸桃源,而是和谐安详。因此，当明月悬空，整理完一天的工作、心情和思绪，即便是"举杯邀明月，对影成三人"，也会品尝出不一样的韵味和心情。

当然，闲暇之余能够在小院小聚小酌，更是一件令人心驰神往的事情。此时此刻，无须拘束老友新朋，无须拘泥酒醇茶浓，无须拘谨言轻意重，静下心来，品酒、品茶、品生活。此情此景，倘若进入微醺，酌的便不是酒了，品的也不是茶了，聊的也无所谓一个语境了，一切皆是生活的感触、人生的感悟、生命的感慨。此生此世，难免会有激动亢奋之时，如果抑制不住豪情，畅快淋漓地喝了一个酩酊大醉，虽失了小酌的情调，但若能少些烦恼的情绪，多些生活的情趣，也是完全值得的。

"小酌园林酒半醺，落红影裹惜余春。"一首首入情入境的诗词，一个个惟妙惟肖的画面，一段段别具一格的传奇，引人进入了遐想空间。古往今来，关于小酌的韵事佳话不胜枚举、脍炙人口。值得注意的是，无论庙堂之上，无论文人墨客，无论凡夫俗子，对小酌怡情的理解和认识是何等相似！可见，小酌的意义已然不是一种物质的需求，更多的是心理、精神、文化的需要。这一点，不仅可以从现实生活的细节上切身感受，而且能从历朝历代名人大家的作品中窥见一斑。

幸福是什么

追求幸福的生活，是人类初始的生命价值，是人民根本的生产动力，是人们朴素的生活愿景。幸福是什么？在人类社会实践活动中，它既是一个哲学命题，也是一个艺术话题，更是一个社会问题。对于这个问题，不同的人会给出不同的答案；不同的场景下，同一个人也会给出不同的答案。因此，不管是什么身份，人们都会矢志不渝地追逐心中的幸福目标，直至生命的终结。在这一过程中，人们会以各种各样的形式，演绎丰富多彩的人生故事，描绘精彩纷呈的社会画卷，创造波澜壮阔的文明历史。

关于幸福，有人试图将这一抽象的概念具体化、数字化、形象化，提出了所谓的 GNH，即反映国民生活质量和幸福程度的国民幸福指数——包括社会健康指数、社会福利指数、社会文明指数、生态环境指数等。尽管产生了一些影响，但始终未被人们普遍接受。毕竟，在大多数人眼中，幸福是无法被量化的。事实上，幸福很大程度上体现了一种个性化感受，GNH 的败笔，恰恰是把个性化问题，上升为社会化问题。如果用其评价一个国家或地区，还能够说明一些问题，但对个体而言，这些所谓的指数却难以成为人们心中的幸福标准。

幸福是什么？如果非要用一个概念来进行定义或诠释，或许，个人价值得到认可，个人自尊得到满足，个人梦想得到实现，才是人生幸福的真谛。当然，这种幸福是可变的，是因人而异的，是无法比拟的。换言之，幸福或许就是追求生活的权利。有的人认为，有了生命，才可能有其他的所谓幸福；有的人认为，幸福可以不强调其他的，但必须拥有自由。然而，幸福或许仅仅是一种自我感觉，并不关乎其他。因此，即便是有一点阿 Q 的味道，在朴实的表达中，也从一个侧面反映了人们的心声。

在一定程度上讲，人类社会的发展进步，就是实现人民憧憬的幸福目标。无论是国家的制度体系，还是社会的道德法律，都是围绕实现人们的幸福目标运行的。越是先进的社会形态，越是优越的社会制度，越是健全的社会保障，越能够让幸福目标的实现变得更加便捷、公平、均等。同样，人们参与社会实践活动，在付出努力、作出贡献的同时，收获了肯定、赞许和感谢，心中的满足感、喜悦感、幸福感也油然而生，甚至能够转化为一种无形的动力，支撑人们为之付出、为之拼搏、为之奋斗。幸福是具有强大感染力的，幸福也是社会发展的动力和源泉。

和谐社会

　　《史记》开卷之篇《五帝本纪》中记载，五帝之一的尧为了使国家繁荣强大、百姓富裕安康，谋求社会的和谐安定，在治国安邦时，让德义俱备的舜，在全社会推行"五种教典"式的儒家道德观。舜不负重望，倡导"父义、母慈、兄友、弟恭、子孝"，社会繁荣稳定，国家逐步强大，和谐之风得以弘扬，普天之下皆为同心。事实上，一部人类发展史，就是一部人类不断争取和谐安定的历史。千百年来，多少英雄豪杰、帝王将相始终把和谐社会的构建作为自己追求的目标。然而，他们往往以牺牲广大人民群众的利益为代价，谋求少数人的歌舞升平，永远不可能实现真正意义上的和谐社会。

　　人类追求和谐社会的历史，大致可以分为三个阶段。一是古代和谐社会的理想。从尧舜天下同心到陶渊明的《桃花源记》，从远古的《太极图》到近代的《大同书》，都体现了对和谐社会的美好追求。二是近代空想社会主义的理想社会。莫尔的"乌托邦"、康帕内拉的"太阳城"、傅立叶的和谐制度、欧文的实验公社，都是追求和谐社会的范例。三是中国共产党对构建和谐社会的理论创新。从中华人民共和国成立初期用改造工商业和土地改革等方式构建社会公平，以人民公社方式构建和谐社会，用《论十大关系》正确处理各种矛盾，到提出构建社会主义和谐社会的理念，反映了人类社会由自然秩序向社会秩序、个人和谐向全体和谐、原始和谐向现代和谐的渐进。

和谐社会强调人与人之间相互尊重、相互信任和相互帮助，社会内部关系融洽、协调，无根本利益冲突。人与社会的和谐是社会主义和谐社会的核心内容。公民道德是构建社会主义和谐社会的基石。如果公民缺乏基本的道德素质，人与人的交往就会因缺乏诚信、宽容、互助产生隔阂，不利于和谐人际关系的建立。在弘扬中华民族传统美德的基础上，宣扬无产阶级、共产主义的道德观和社会主义荣辱观，正是从社会道德的角度丰富构建社会主义和谐社会的理论思想。

从尧舜的"五种教典"开始，虽然古代和谐社会的理想、近代空想社会主义的理想社会以及当今对构建和谐社会的理论创新倡导的都是和谐社会，但它们所阐述的内涵却有着本质的区别。可以肯定的是，社会主义和谐社会是真正意义上的和谐社会，因为它是为人民群众谋求幸福美好生活的先进社会制度。换个角度理解，全社会踔厉奋发、拼搏奋斗，以时不我待、只争朝夕的状态推进实现的中国式现代化建设、中华民族伟大复兴中国梦，才是真正意义上的和谐社会所需要的。

一场寻找美的旅行

　　近年来，在中共中央宣传部、国家新闻出版署的大力倡导、推动下，通过广泛深入地开展全民阅读活动，一大批"读书小组""读书沙龙""读书协会"等阅读组织和"书香中国""读点经典""阅读品鉴"等阅读活动，像雨后春笋般在中华大地上成长发展起来，阅读已逐渐成为一种社会时尚、一种实践活动，一种人生追求，影响着人民群众的学习、工作、生活。同时，随着阅读活动的推广，社会的阅读氛围越来越浓厚，民众的阅读兴趣越来越广泛、阅读成效越来越明显，国民的文化素养得到普遍提高，既体现了人民群众对美好生活的向往，也以实际行动为中国式现代化建设加油助力。

　　人类求知的方式大致可以概括为三种：一是在实践中学习；二是向别人学习；三是通过阅读学习。其中，阅读应该是最佳的方式，是沿着前人足迹寻找美的旅行。好书是前人在学习实践的基础上经过思考和总结升华了的，知识体系相对系统、全面，一定程度上具有时代的先进性和理论的科学性，体现了前人对自然之美、社会之美、人性之美的探寻、发现和总结。阅读的过程，就是试图寻找这些美的奥秘的旅行。当然，每个人对美的认识不同，需要汲取精华，弃其糟粕，寻找世界观、人生观、价值观积极的美。

爱读书是形式，读好书是内容，善读书是方法。要确立终生阅读的生活态度，明确阅读修身的责任意识，培养阅读求知的精神追求，让阅读伴随自己的人生，成为工作、生活的一部分。世界上的书籍非常丰富，不加选择地阅读，既浪费时间，也可能适得其反。要围绕学习、工作、生活进行阅读，才能利用有限的时间获取更多的知识。有选择地阅读是一门学问，无论选择什么方面的书，阅读原著应该是最好的。如果不得不退而求其次，也要尽可能地选择原著直译本或者专业学者解读类书籍，近距离地与作者对话，让内容呈现得更加真实、准确、完美。阅读没有捷径可走，只有持之以恒，才能欣赏更多旅途的风景。

阅读是一场寻找美的旅行，且这一旅程将贯穿一生。旅程中，或许一帆风顺，或许波涛汹涌。面对外部诱惑的考验，要耐得住寂寞，把精力更多地用在阅读上，挤时间、找空闲阅读，让阅读成为奋斗人生的源泉；面对成长变化的考验，要自觉用阅读提升自己，拓展知识、拓宽视野,不断胜任新的岗位和角色,让阅读成为拼搏人生的动力;面对现实生活的考验,要保持良好的心态,既要学会欣赏旅途的美景,也要善于跨越旅程中的障碍,努力攀登知识的新高峰,让阅读成为美好人生的主题。只有如此,我们的人生旅途才能风光无限。

后　　记

生活是一座宝藏，充满着新奇和未知，期待着人们去探寻、发掘、收获。人生就是一场探寻之旅，一路风餐露宿，一路披荆斩棘，一路风光无限。在漫漫人生征途中，既会看到大千世界的形形色色，从中真实领悟到人类社会的纯真自然；也会看到社会生活的人生百态，从中真切感悟到现实生活的纯粹本原。正是这些生活中的细枝末节，使我们的人生精彩纷呈。

古往今来，人类社会始终是按照自身发展的客观规律，从低级向高级、从简单向复杂、从局部向全面发展的。现代社会更像一个庞大复杂、高速运转的机器。其中，个人、家庭、组织及彼此之间，自然而然会产生或平淡，或浪漫，或神奇的故事，吸引着人们去寻觅、探索、研究，平凡中常有新意。倘若能够在日常社会生活中，通过观察、了解、分析，勾勒出人类社会的自然状态，描绘出现实社会的人文环境，探寻出社会进步的文化渊源，为人们提供一些观察事物、体味生活、认识世界的视角，也是有一些时代价值的。

看社会，人生百态；看人生，世间万象。可以说，生活本就是一门包罗万象的学问。如果用心观察、体味生活，我们会发现日常的平凡小事里不乏别样的精彩。本书从社会现实生活中选取了 100 个贴近实际的小视角，以素描的形式，记录了我眼中的人生百态和世间万象。希望通过这些尝试，起到抛砖引玉的作用，唤醒在当下工作、生活压力中变得麻木的心灵，使人们重新关注生活，发现生活之美，进而热爱生活，用积极的心态拥抱人生。书中的一些观点和看法，是基于我个人生活感受的一家之言，难免有偏颇之论和不尽周全之处，真诚期待各位专家、学者和读者朋友批评指正。

感谢著名美学家刘悦笛先生拨冗为这本小书作序。他的生活美学理论给了我很多启发，与他交谈更是一件令人愉快的事情。感谢中国社会科学出版社各位工作人员的辛勤付出，他们严谨认真的工作态度令人印象深刻。

生活是多姿多彩的，更是变幻莫测的，有许多新奇和未知，等待更多的人探寻。希望在探寻生活之美的旅途中，能遇到更多志同道合的同行者。让我们一同在平凡的社会生活中发现更多精彩和美好。

仇英义

癸卯年二月

/